KB198885

지나가는 밤

지나가는 밤

최민경 장편소설

교유서가

차례

지나가는 밤
007

기억은 기억하려는 사람에게서는 도망치지만
기억하지 않으려는 사람은 습격한다.

언젠가 당신은 말을 나눌 사람도 없고 할일도 없이 몇 날 며
칠 온종일 혼자 지내본 적이 있을지도 모른다. 아침부터 저녁
까지, 늦은 밤부터 이른 새벽까지.

만일 당신이 점점 어두워지거나 점점 환해지는 벽과 바닥
어디쯤에 시선을 고정한 채 뭉텅이로 사라져버리는 시간을 속
수무책으로 바라본 적이 있다면 내 말을 이해할지도 모른다.
그러니까 우리가 우리 자신의 초라한 영혼을 목격했을 때 어
째서 우리 내면은 침묵으로 가득차게 되는지 나는 가끔 궁금

해할 때가 있는데, 그런 질문이 목 끝까지 차오르면 차마 입을 벌릴 수조차 없는 상태가 되고 만다. 그런 상태로 나는 무언가를 본다. 예전에는 결코 보이지 않던 것이 보이기 시작한다. 내 생각에는 그것이 침묵이 하는 일인 것 같다.

내가 본 것은 누군가의 어린 시절 모습이 담긴 사진이었다. 사진은 한동안 내 기억 속에만 머물러 있었다. 그러다가 찌르는 듯한 햇볕이 내리쬐는 어느 수요일 오후에 사진 속 소년을 닮은 아이를 길거리에서 보고 멈추어 섰다. 마치 과거의 인물이 살아서 돌아온 것처럼 저절로 숨이 멎었다. 나는 계속 인도 위에 서 있었고 아이는 아무것도 모르는 채 빠르게 내 옆을 스쳐지나갔다. 당연히 아이는 사진 속 그 소년이 아니었다. 그런데도 나는 그 자리에서 꼼짝할 수 없었다. 나는 울컥했고 내 감정을 건드린 것이 무엇인지 정확히 알 수 없는 채로 다시 걷기 시작했다. 걸으면서 내가 두려워하는 것이 무엇인지 생각하고 또 생각했다. 그러다가 문득 내가 더이상 아무것도 두려워하지 않는다는 사실을 깨달았다. 그걸 알면서도 계속해서 겁먹은 척하고 있었던 것이다. 이유는 모른다. 아마도 그것이 편했던 것 같다. 익숙해진다는 건 그런 거니까.

나는 이 말이 하고 싶어진다. 어떤 이야기는 길거리에서 우연히 스쳐지나간 사람의 얼굴로 우리 주위를 끊임없이 맴도는 것 같다고.

혹은 이런 이야기.

어느 날 당신은 길을 걷다가 당신의 기억을 만난다. 기억이 당신 옆을 스쳐지나간다. 당신은 걸음을 멈추고 기억이 지나가는 것을 본다. 그러면 당신의 집요한 시선을 느낀 기억이 발걸음을 멈춘다. 그리고 뒤돌아서 당신을 바라본다. 당신도 기억을 쳐다본다. 당신에게 필요한 것은 지나가던 기억을 붙잡고 말을 걸 용기뿐이다. 당신이 말을 걸기만 하면 이야기는 시작된다. 우리가 때로 침묵 속에 가라앉아 있어야 하는 이유가 여기에 있는 것 같다.

그날 그 거리에서 나는 곧장 집으로 돌아가야 한다고 생각했다. 원래는 병원에 가서 불면과 두통을 한 방에 해결해줄 약을 처방해달라고 의사에게 강력하게 요구할 생각이었다. 지난번에 처방해준 약은 아무 소용이 없었다고. 그랬는데도 약이 듣지 않으면 병원을 바꾸리라 마음먹었다. 그런 다음에는 마트에 들러 감자, 키위, 칫솔 등을 사려고 했다. 하지만 그 모든 것이 성가시기만 했고 그냥 집에 돌아가는 편이 낫겠다 싶었다.

나는 그 사진을 찍어준 사람이 누구였을까 몹시 궁금했고 그를 꼭 알아내리라 마음먹었다. 내 마음 한구석의 또다른 목소리는 그게 다 무슨 소용이냐고 말하고 있었지만 그때만큼은 그 목소리를 듣고 싶지 않았다.

죽은 의미를 되살리는 일.

그것이 내가 할일이라고 생각했기 때문이다.

사실 이 이야기는 지극히 개인적인 것이다. 그날 그 거리에서 무언가가 시작된 것이다. 그게 무엇인지는 모르지만 아마도 기억이 뒤엉키기 시작했던 것 같다. 아니면 솟구쳤나? 어찌되었든 그때 내 머릿속을 가득 채우고 있던 선명한 이미지는 나이에 비해 일찍부터 불량해 보이던 남자아이의 모습이었다.

그 사진 속에서 아이는 반쯤 벌거벗은 채 코를 흘리고 있었다. 몸에 맞지 않는 낡은 티셔츠의 아랫단이 아슬아슬하게 성기를 가렸다. 얼굴에 땟국이 질질 흐르는 소년은 절대 호락호락하지 않을 눈빛으로 정면을 바라보고 있었다. 영양 상태가 좋지 않은 듯 상체와 하체는 삐쩍 말랐고 헛배가 불룩 튀어나와 있었다. 한국전쟁이 시작되기 전, 제국주의의 침략과 해방을 겪고 난 뒤의 1940년대 중후반을 살았던 남자아이.

다른 한 장의 사진에는 카메라를 든 사람의 그림자가 또렷한 형태로 남아 있었다. 그 사진 속에서 소년은 사진 찍힐 줄 모르고 서 있다가 카메라를 발견하고 놀란 듯한 표정을 하고 있었다. 누런 천기저귀로 아기를 업은 소년. 아기는 소년의 등에서 목이 뒤로 꺾인 채 잠들어 있었다. 그 두번째 사진에서 소년의 눈빛은 좀더 진지했지만 나이는 아직 대여섯 살밖에 안 되어 보였다. 그나마 첫번째 사진에 비해 나아졌다고 할 만한 것은 소년이 바지를 입고 있었다는 점이었다. 암울한 가운데서도 희망을 품고 있는 듯한 소년의 눈빛.

소년은 전쟁에서 살아남아 훗날 누군가의 아버지가 된다. 그리고 아직도 살날이 많다고 느껴질 만큼 날씨가 좋은 어느 가을날 오후, 처음 보는 의사로부터 당신의 삶이 얼마 남지 않았다는 말을 듣게 된다.

삶의 마지막에 이르러서야 떠오르는 질문들.

어쩌면 자신은 한평생 애정과 미움을, 분노와 슬픔을 구분하지 못했던 것이 아니었을까?

미움받는 어린아이가 자신에게 적대적인 세상을 향해 떼를 쓰다가 주변에 아무도 없다는 사실을 알아차리고 난 뒤 갑자기 조용해지는 것처럼 그는 풀이 죽는다. 선천적으로 기형이었던 그의 오목가슴 뼈가 휘어진다. 움푹 파인 흉곽 사이로 바람이 드나든다. 갈비뼈 아래 깊숙한 곳에서 조용히 회오리치는 바람은 어디서부터 시작된 폭풍일까.

이제 그를 아는 사람은 아무도 없게 될 것이다. 그가 맨 처음 세상에 내뱉은 단어, 처음 본 풍경과 짝사랑의 설렘, 세상의 문턱 앞에서 좌절한 이야기는 그와 함께 땅속에 묻힐 것이다. 침묵의 무게. 짓눌린 목소리. 표현하지 못한 마음. 그런 것이 처음으로 그의 표정을 부드럽게 만든다. 그는 살 만큼 살았지만 더 간절히 살고 싶어졌기 때문에 속으로 운다. 죽음이 코앞에 닥쳐왔다는 사실이 무서워서 운다. 그 옛날의 남자아이처럼 목구멍으로 콧물을 삼킨다.

나는 고개를 세차게 흔든다. 이런 생각은 그의 이미지와 어울리지 않는다. 나는 나를 위해 이야기를 미화하지 말자고 다짐한다. 그 누구를 위해서도.

그는 병원에서 나오자마자 허공에 대고 짧게 욕했을 것이다. 그러고는 자신의 장기를 촬영한 필름 사진을 옆구리에 낀 채 빠르게 걸어갔을 것이다. 누군가 자기 어깨를 치고 가면 씨발것들이라며 혼자 으르렁댔을 것이다. 아마도 이것이 그가 했을 법한 행동이고 사실에 가까울 것이다.

집으로 돌아온 나는 책상 앞에 앉았지만 갑자기 맥이 풀렸다. 또다시 '대체 이게 다 뭐지' 싶은 생각이 들었고 그때마다 매번 애초부터 텅 비어 있던 의미의 상실을 경험했다. 의식에 구멍이 뚫려 있었는데, 그렇게 완벽한 구멍도 없다는 생각이 들었다. 그 구멍이 내 전부라고 느껴지기 전에 나는 자리에서 일어났다. 그리고 엄마에게 전화를 걸었다.

"무슨 사진?"

엄마는 웬 생뚱맞은 소리냐고 말했다. 나는 설명하기 시작했다.

"그러지 말고 한번 찾아봐."

엄마가 무언가를 찾는 소리가 들려왔고 나는 거실을 서성거렸다.

"없어, 그때 정리할 때 같이 버렸나봐."

"그걸 왜 버려?"

나는 창가로 다가가 길가의 나무들을 보며 언성을 높였다.

"몰라, 아무튼 없어."

엄마가 말했다.

"아니, 안 버렸어. 거기 어디 있을 거야."

엄마는 한동안 대답이 없었다. 그러다가 나지막하게 웅얼거리는 목소리가 들려왔다.

"그럼 귀신이 가져갔나보지 뭐."

"뭐라고 엄마?"

나는 좀 신경질적으로 굴었다. 이번에는 엄마가 나를 달래는 듯한 어투로 말했다.

"잘 생각해보라고. 어디서 봤는지."

그래서 나는 생각했다. 전화를 끊고 책상 앞에 앉아 내 기억의 저장장치를 거꾸로 되돌려보기 시작했다. 그날 우리가 무엇을 내다버렸는지에 대해.

1

언니가 옷장 문을 열자 나프탈렌 냄새와 헌 옷 냄새가 뒤섞여 이상한 묵은내 같은 것이 났다. 옷장 안에는 죽은 사람이 입던 옷가지와 속옷, 양말과 안경집처럼 이제는 쓸모없어진 물건이 잔뜩 들어 있었는데, 그중에는 포장도 뜯지 않은 넥타이나 가죽장갑도 있었다. 맨 아래 서랍 안에는 갈색 표지의 다이어리가 한 권 들어 있었는데, 나는 아버지가 무언가를 쓰기 위해 그것을 보관했으리라고는 생각하지 않았다. 새것인데다 마침 그해 것이어서 나는 그 다이어리를 따로 옆으로 치워두었다. 언니는 계속해서 빠르게 물건들을 끄집어냈고 나는 그것들을 상자에 주워 담느라 허리를 펼 새가 없었다.

"그렇게 꽉 채우지들 말고."

엄마는 바닥에 쌓인 옷 무더기를 억지로 상자에 욱여넣는 나를 보고 말했다.

"너무 무거우면 버릴 때 힘만 들어."

나는 부피가 큰 스웨터 한 벌을 도로 꺼내놓은 뒤 뚜껑을 닫았다. 엄마는 상자를 끌다시피 해서 밖으로 내놓은 뒤 그 자리에 또다른 빈 상자를 갖다놓았다.

"웬 잡동사니가 이렇게 많아."

언니는 다 쓴 펜이나 단추, 빈 로션 병과 뜯지 않은 나무젓가락이 한데 뒤엉켜 있는 서랍 안쪽을 눈으로 훑으며 말했다. 엄마가 그 안을 들여다보며 고개를 저었다.

"다람쥐 도토리 모아놓듯 했네."

실제로 아버지가 입던 등산바지 주머니에서 썩은 도토리가 굴러나오자 우리는 웃음을 터뜨렸다.

그러는 동안에도 안방은 빠른 속도로 비워졌다. 엄마는 속이 다 시원하다고 했다.

이제 방 안의 서랍이란 서랍은 모조리 열려 있거나 밖으로 튀어나와 있었고 그 서랍들은 점점 비워지는 중이었다. 언니는 나에게 안방을 맡기고 욕실로 갔다. 얼마 지나지 않아 새된 비명소리가 들려왔다. 엄마와 내가 달려갔을 때 욕실 바닥에는 틀니가 나뒹굴고 있었다. 틀니는 어금니 모양의 플라스틱 케이스에 들어 있었다. 언니는 아무 생각 없이 뚜껑을 열었다가 그 안에 든 치아를 보고 깜짝 놀랐다고 했다. 나는 혐오스러운 표정으로 바닥에 널브러져 있는 틀니를 한동안 빤히 쳐다보았다. 마치 살아 있는 우리에게 무언가 할말이 남아 있다는 듯 한껏 벌어져 있는 틀니를 보고 있자니 저절로 얼굴이 찌푸려졌다. 엄마는 언니 손에 든 플라스틱 케이스를 빼앗아 틀니를 집어넣고 뚜껑을 닫았다. 그러고는 착용하거나 뺄 때마다 아버지에게 낭패감을 안겨주었을 그 물건을 쓰레기통에 버렸다.

그런 식으로 아버지는 집 안 어디에나 있었고 예상하지 못한 곳에서 튀어나와 우리를 놀라게 했다. 우리는 집요하게 집 안을 구석구석 뒤져가며 아버지의 물건을 찾아냈다. 마치 그 집에 아버지라는 사람이 살았던 적이 없었던 것처럼 전부 내다버릴 작정이었다.

시간은 벌써 정오를 넘긴 지 한참이었다. 나는 거실에도 아버지가 사용하던 물건이 있는지 확인하기 위해 샅샅이 뒤지고 다녔다. 그러면서 내가 아무런 거리낌 없이 행동하고 있다는 사실에 내심 놀랐다. 그 하루 동안 나는 긴장은커녕 눈치도 보지 않았다. 다른 식구들의 기분이 어떤지 살피느라 진을 빼지도 않았다. 아무 걱정 없이 집 안을 자유롭게 활보했고 그 사실을 깨닫는 순간 그 집이 편안하게 느껴졌다.

"도배를 새로 하면 괜찮을 거야. 침대도 들여놓고."

언니는 아버지가 쓰던 안방을 새로 꾸밀 계획을 세웠다. 내 시선은 무겁게 축 늘어져 있는 갈색 암막 커튼에 머물렀다.

"저 커튼부터 떼어내자."

"그래, 엄마 취향도 아니야."

때마침 욕실에서 볼일을 보고 나오던 엄마가 안방 문가로 왔다. 엄마는 한참 동안 빈방을 둘러보았다. 한평생 남보다 못한 사이로 각방을 쓰며 살아온 엄마였지만 막상 방을 치우고 나니 좀 허전한 모양이었다. 엄마는 물이 든 바가지를 손에 든 채 알 듯 모를 듯한 표정으로 가만히 고개를 끄덕였다. 그러고는 깜빡 잊고 있었다는 듯 황급히 베란다로 나가더니 여러 개의 화분에 조금씩 물을 주었다.

"해주 너는 며칠 있다가 갈 거지?"

마지막으로 바닥 걸레질을 한 번 더 한 뒤에 언니가 물었다. 나는 텅 빈 벽에 덩그러니 걸려 있는 아버지의 영정 사진을 쳐다보고 있다가 언니의 말에 돌아보았다.

"상황을 좀 보고."

실은 벌써 내가 왜 며칠 동안 엄마와 함께 있겠다고 말했는지 후회하는 중이었다. 그때는 괜찮을 것이라고 생각했지만 어쩌면 그렇지 않을지도 몰랐다. 나는 머뭇거리며 긍정도 부정도 아닌 애매한 대답을 했다.

"보긴 뭘 봐. 말했으면서. 온 김에 며칠 있다가 가."

나는 어깨를 으쓱했다. 그러고 난 뒤 미리 갖다둔 식탁 의자를 딛고 올라가 벽에 걸린 액자를 떼어냈다.

"이렇게 하는 게 맞는 건가……."

괜히 중얼거리며 분홍색 보자기로 싼 액자를 옷장 깊숙이 밀어넣었다.

"무섭다잖아, 엄마가. 그럼 그렇게 하는 게 맞지."

나는 조용히 옷장 문을 닫으며 엄마가 우리 말을 들었는지 확인하려고 창문 너머 베란다 쪽을 한번 쳐다보았다.

잠시 후 우리는 물건들을 나누어 든 채 현관문을 나섰다. 엄마도 밖에 내놓은 대용량 쓰레기봉투를 들고 우리 뒤를 따라 왔다. 버릴 것이 많아서 집과 재활용 쓰레기장을 몇 번이나 오 간 뒤 마지막 남은 서랍장을 버리러 갔다.

"그냥 살던 대로 살아야지 뭐."

우리 뒤를 조용히 뒤따르던 엄마가 말했다.

"뭐라고, 엄마?"

"아니, 거기를 못 쓸 것 같다고."

"안방을 비워두는 집이 어디 있어. 작은방을 손님방으로 쓰 고 엄마가 안방을 써야지."

언니가 조용히 타이르는 듯한 말투로 말했다.

나는 손에 힘을 잔뜩 준 채 엄마를 쳐다보았다. 조그만 서랍 장이 자꾸만 내 쪽으로 기울었다.

언니와 내가 바닥에 서랍장을 내려놓는 동안 엄마는 관리 사무소에 들러 폐기물 스티커를 사왔다.

"버리는 데도 돈이 드네."

엄마는 떨어지지 않게 손바닥으로 꾹꾹 누르며 노란색 스티

커를 붙였다. 우리는 엘리베이터 앞까지 한 줄로 서서 걸었다.

엘리베이터는 7층에 멈춰 선 채 좀처럼 내려올 생각을 하지 않았다. 어느새 우리 옆에는 개를 데리고 나타난 노인이 서 있었다. 노인은 키가 작았고 운동화 뒤축을 꺾어 신고 있었다. 노인이 알은체하자 엄마가 어색하게 미소 지었다.

"딸들인가?"

"예에, 큰딸, 작은딸."

엄마가 나와 언니를 번갈아 가리키며 말했고 우리는 고개를 꾸벅 숙여 인사했다.

"아저씨는 밭에 가셨고?"

"아, 예에…… 뭐……."

엄마가 우리를 향해 눈을 두어 번 깜빡거리고 나서 정면을 바라보았다. 노인이 그런 엄마를 빤히 쳐다보다 개를 쓰다듬으며 말했다.

"날씨가 좋아. 그래서 우리 순이가 자꾸 밖에 나가자고 해."

"덕분에 걸을 수 있으니 좋죠."

엄마가 말했다.

잠시 후 엘리베이터가 도착했다. 우리는 노인을 먼저 타게 한 다음 그 뒤를 따랐다. 내가 버튼을 누르고 노인을 쳐다보자 노인이 히죽 웃으며 말했다.

"나도 13층."

그제야 나는 노인의 품에 안긴 개를 보았다. 개는 옛날에 죽은 유자를 닮았다. 갈색 털을 가진 유자는 눈이 검고 동그랬다. 나와 기훈은 항아리에 담긴 유자의 유골을 한동안 간직하다 자주 가던 사찰 뒷마당에 몰래 뿌렸다.

엘리베이터가 멈추자 개를 데리고 나타난 노인은 다시 개를 데리고 사라졌다. 엄마는 노인이 사라진 복도 끝을 힐끔 본 뒤 속삭였다.

"저 할망구 치매야."

"멀쩡해 보이던데."

언니가 낮은 목소리로 말했다.

"초기라서 그렇지. 어쩔 땐 자기 집이 몇 층인지도 몰라. 저렇게 혼자 다니게 두면 안 되는데⋯⋯."

"근데 영감님은 누구?"

내 말에 엄마가 피식 웃었다.

"장례식장에 와놓고도 저런다."

그제야 나는 노인이 아버지의 안부를 물었다는 것을 깨달았다.

언니는 밤늦게 자기 집으로 돌아갔다. 언니는 그 집과 걸어서 오갈 수 있는 정도의 거리에 떨어져 살면서도 항상 차를 갖고 다녔다. 나는 언니가 가는 모습을 보려고 주차장까지 따라 나섰다가 내친김에 동네를 한 바퀴 걸었다. 노인들이 주로 사는 아파트 단지여서 그런지 한밤중이 아닌데도 무척 조용했다. 엄마 말이 거기 사는 노인들은 늘 보이던 이가 며칠째 안 보이면 그새 죽었나보다 생각한다고 했다. 내내 보이지 않아 틀림없이 죽었다고 생각했던 어떤 사람이 이듬해 봄에 갑자기 핼쑥한 얼굴로 나타나기도 한다고. 그러면 사람들은 "아이고 살아 있었구먼" 하면서 깜짝 놀란다는 것이다. 나는 그 말이 좋았는데, 단지 누군가 살아 있다는 사실만으로도 놀라움을 느끼는 사람들의 이야기였기 때문이다.

좀더 걷고 싶어서 후문을 통과해 단지를 벗어났다. 인도 옆 4차선 도로 위를 차들이 쌩쌩 달리고 있었다. 인도에는 사람 하나 보이지 않았다. 가까운 곳에 버스 정류장이 있었는데 관리가 잘 되지 않는지 온통 쓰레기 천지였다. 나는 아파트 담장을 따라 걸어가다 가로등이 없는 후미진 곳에서 참았던 담배를 피웠다.

담배 한 대를 다 피우는 동안 맞은편 가게들을 구경했다. 많지 않은 가게가 오래된 건물과 건물 사이에 드물게 들어서 있었다. 가게 뒤쪽 빈 들판 너머로 KTX 열차가 지나갔다. 나는 담벼락에 느긋하게 기대선 채 열차가 지나가는 모습을 구경했다. 옛날과 달리 열차는 빠르게 눈앞에서 사라졌다. 나는 조금 아쉬워하며 예전에 우리가 그 철길을 따라 걸어가본 적이 있었다는 사실을 기억해냈다. 그때는 무궁화호나 새마을호 같은 다소 촌스러운 이름의 기차가 전부였다. 우리는 기차가 오는 것을 소리로 먼저 알았다. 침목과 침목 사이를 건너뛰거나 달

귀진 레일 위를 아슬아슬하게 걷다가도 기차 오는 소리가 들리면 철길 아래 언덕 쪽으로 잽싸게 몸을 날렸다. 철길 끝에는 터널이 있었는데, 우리는 늘 거기까지만 갔다가 되돌아왔다. 나는 항상 우리가 그 터널을 통과한 뒤 다시는 집에 돌아오지 못하게 되는 상상을 했다. 돌아오는 길에는 철길 옆 길가에 난 잡초 사이에서 삐비(삘기)를 찾느라 자주 허리를 숙였다. 삐비는 속살이 하얗고 씹을수록 단맛이 나서 우리는 그것을 껌처럼 씹었다.

철길 너머에는 어린 시절 우리가 살았던 동네가 있었는데, 근방에 아파트가 들어설 무렵 대부분 그곳을 떠났다고 했다. 내 부모는 거의 마지막까지 그곳에 남아 있던 사람들 축에 속했다. 엄마는 지금 사는 곳으로 이사오기 전 고층 건물이 불타오르는 꿈을 꾸었다고 했다.

"내 평생 그렇게 큰불은 처음 봤다."

엄마가 말했고 우리는 그 꿈이 엄마에게 행운을 가져다주었다고 믿었다.

"왜 여즉 안 들어와. 동네도 캄캄한데."

내가 너무 늦게 들어온다고 생각했는지 엄마가 전화를 걸어와 그렇게 말했다.

"지금 들어가. 소화 좀 시키느라 걸었어."

엄마가 뭐라고 했지만 지나가는 기찻소리에 묻혀 잘 들리지 않았다. 나는 서둘러 전화를 끊고 집을 향해 걷기 시작했다.

2

"동네가 너무 조용해. 여기까지 오는 동안 한 사람도 못 봤어."

나는 현관문 앞에서 신발을 벗으며 말했다. 거실 소파에 누워 반쯤 졸고 있던 엄마가 느리게 몸을 일으켰다. 곧장 부엌으로 가서 찬물을 따라 마신 뒤 엄마를 보았다. 엄마는 어두침침한 형광등 불빛 아래 노인처럼 등을 구부정하게 숙이고 앉아 있었다. 멀리서 보아도 늘어난 입가 주름과 아래로 처진 턱살이 눈에 띄었다.

'봐, 엄마도 이제 늙었어.'

낮에 언니가 엄마의 걸음걸이를 지켜보며 했던 말이 떠올랐다. 늘 내 머릿속 엄마의 이미지는 마흔 언저리 무렵의 모습으로 남아 있었기 때문에 점점 노인이 되어가는 엄마가 낯설기만 했다.

"뭐라고?"

엄마는 둔탁하게 가라앉은 목소리로 되물었다.

"조용한 건 둘째치고 너무 깜깜해. 시청이나 어디 전화해서 가로등이라도 설치해달라고 해야지 안 되겠더라."

"안 그래도 지난번 회의 때 그게 안건으로 올라왔었어."

엄마가 힘겹게 몸을 일으키며 말했다. 그러고는 덧붙였다.

"입주자대표 회의 때."

그러고 나서 엄마는 곧장 화장실로 갔다. 엄마가 문을 열어둔 채 볼일을 보았기 때문에 나는 시선을 돌려야 했다.

"엄마가 그런 데도 참석하는지 몰랐네."

나는 몹시 의외라는 듯 큰 소리로 외쳤다. 엄마가 재미있어하며 웃는 소리가 났다.

"내가 여기 동대표거든."

나는 믿기지 않는 눈으로 욕실에서 나오는 엄마를 빤히 쳐다보았다.

설명이 필요하다고 생각했는지 엄마가 말을 이었다. 나는 부엌 싱크대 앞에 기대선 채 엄마가 동대표 선거에 출마한 이야기를 들었다. 엄마의 경쟁 상대는 전문대학을 나온 70대 초반의 자영업자였는데, 투표 전날 그가 봉고차에 마을 노인들

을 태우고 가서 자신이 운영하는 식당에서 식사를 대접했다고
했다.

"그런 걸 관권선거라고 하는 거야."

나는 엄마가 그런 단어를 입에 올리는 것이 신기하고 낯설
어 피식 웃었다.

"그래서 어떻게 됐는데?"

"내가 이겼지. 진실하지 못한 사람은 결국 지게 되어 있거
든."

엄마가 말했다.

나는 또 웃음을 터뜨렸다. 가끔 엄마가 생각지도 못한 말로
나를 웃긴다고 생각했다.

"그걸 엄마가 어떻게 알아?"

나는 얼른 덧붙였다.

"아니, 내 말은…… 그 사람이 진실한지, 아닌지를 뭘로 판
단하냐고."

엄마가 눈을 게슴츠레하게 떴다. 나는 질문한 것을 잠시 후
회했다.

"옛날에 그 집에 금을 팔러 간 적이 있어. 식당을 하기 전에
금은방을 했거든. 시내에 있는 중앙 서점 옆에서."

"나도 기억나."

"그래, 그 아저씨가 거기 주인이었지. 다 옛날 일이지만. 아
무튼 나한테 팔찌랑 반지가 있었어. 결혼할 때 했던가, 아마 그

랬을 거야. 못해도 대여섯 돈은 훨씬 넘었을 텐데."

엄마가 나를 힐끔 보았다. 나는 내가 듣고 있다는 것을 엄마가 알 수 있게 고개를 끄덕였다.

"나중에 그 사람이 눈금을 속여 금을 매입한다는 소문이 나서 속은 걸 알았지. 어쩐지 생각보다 돈이 적더라고. 자기 아버지가 운영하던 걸 막 물려받아가지고 그런 식으로 돈을 벌었다니까. 내가 아무것도 모르는 줄 알고⋯⋯."

엄마 말이 빨라지는가 싶더니 갑자기 뚝 그쳤다. 나는 엄마를 빤히 쳐다보았다. 생각에 잠겨 있던 엄마가 다시 입을 열었다.

"아닌 게 아니라⋯⋯ 그때 나는 뭘 잘 몰랐어. 그래서 너희를 힘들게 했지."

나는 속으로 놀랐다. 엄마가 그 말을 그런 식으로 할 줄 몰랐기 때문이다.

내 생각에 사람은 저마다 인생의 어느 특정한 시기에 이르면 전에는 하지 않던 질문들을 마음속으로 하게 되는 때가 있는데, 나에게는 그 시기가 출산 직후였던 것 같다. 나는 엄마를 볼 기회가 있을 때마다 물었다. "엄마, 그때 왜 그랬어?" "엄마, 엄마는 항상 어딜 그렇게 돌아다녔어?" 그러면 엄마는 대답했다. "또 그 얘기냐?" 그래도 내가 질문을 멈추지 않으면 엄마는 꽥 소리를 질렀다. "아, 몰라. 모른다고!"

성격이 화통하지만 고집스럽고 자신의 무지를 반성하지 않는 여인. 그 사람이 바로 내 엄마였다. 초등학교밖에 나오지 않은 그 여인은 지금 자신이 진실하지 않은 어떤 남자를 누르고 동대표에 선출된 이야기를 하느라 말이 빨라졌다.

"근데 그 베트남 여자는 착해."

"누구?"

"그 사람 각시. 두번째 아내야. 젊고 싹싹해서 이 동네 할머니들한테 인기가 많아. 그래서 좀 긴장했지. 그 사람 말고 아내 때문에라도 찍어줄까봐."

"어쨌든 사람들은 엄마를 더 믿었던 거네?"

"난 진실하니까. 이 동네 노인들은 자기랑 친하면 다 진실하다고 생각해."

나는 웃었다. 내가 웃자 별수 없이 엄마도 따라 웃었다. 순간 기분이 이상했다. 엄마와 내가 한집에서 얼굴을 마주한 채 별스럽지 않은 이야기를 하며 웃고 있다는 사실이. 엄마가 젊고 내가 아주 어렸을 때조차 우리는 그런 식으로 이야기해본 적이 없었다. 하지만 시간이 흐른 뒤에 무슨 일이 일어날지 누가 알았겠는가.

나는 몰랐다. 엄마도 몰랐을 것이다. 아버지가 먼저 죽고 자신은 늦게까지 살아남아 자식들과 편히 이야기할 수 있는 날이 오게 되리라는 것을.

그사이 엄마는 한 번 더 화장실에 다녀왔다. 습관인지 엄마는 또 문을 열어둔 채 볼일을 보았다. 가느다란 소변 줄기가 변기에 떨어지는 소리가 들렸다.

"나 잘란다. 너도 어서 자."

욕실에서 나온 엄마가 작은 방으로 자러 들어간 뒤 나는 엄마가 거실에 미리 깔아둔 이불 위에 누웠다. 엄마는 금세 코를 골기 시작했다.

나는 엄마가 깊이 잠든 것을 확인한 뒤 자리에서 일어났다. 엄마가 깨지 않게 조심하면서 부엌 싱크대 앞으로 갔다. 컵에 물을 따른 뒤 알약 두 알을 삼켰다. 다시 자려고 등을 돌렸을 때 키가 작아진 듯한 엄마가 나를 빤히 쳐다보고 서 있었다.

"나이드니까 입안이 자꾸 마른다."

나는 엄마한테 물이 든 컵을 내밀었다. 엄마는 물을 단숨에 들이켠 뒤 다시 방으로 갔다. 엄마의 구부정한 뒷모습을 보니 엄마가 여전히 무심한 사람이어서 다행이라는 생각이 들었다. 나는 두통이 가라앉기를 기다리며 눈을 질끈 감았다 떴다. 현관 센서등이 깜빡 켜졌다 꺼졌고 집 안은 다시 어둠에 잠겼다.

나는 자리에 눕자마자 코를 골고 잠들 수 있는 엄마가 부러웠다. 이리저리 몸을 뒤척여보았지만 잠이 오지 않았다. 사실은 그 상황이 조금 비현실적으로 느껴졌다. 그 집은 내 부모의 집이었고 이제는 엄마 혼자 살게 될 집이었지만 나는 거기서 한 번도 잠을 자본 적이 없었기 때문이다. 그 집에서 하루를 온

전히 보낸 적도 없었다. 결혼하기 전에는 아예 발걸음도 하지 않다가 결혼한 이후로 1년에 한두 번씩 드나들기 시작한 것이 전부였다.

"그래도 여기까지 왔는데, 잠은 부모님 댁에서 자야 하는 거 아닌가." 결혼하고 첫번째 설날에 기훈은 우리가 부모님 댁 말고 언니네 집에서 자야 한다는 사실을 이해하지 못했다. 나는 기훈에게 짜증을 냈다. "그렇게 자고 싶으면 당신 혼자 자. 난 언니네 집에서 잘 테니까."

그때 나는 지금보다 훨씬 젊었고, 그래서 아직 해결되지 않은 유년의 감정으로 사람들을 대했던 것 같다. 기훈은 대부분 내가 하자는 대로 따라주었다. 가끔씩 나는 이상한 열기에 휩싸인 채 내가 어린 시절로부터 얼마나 많은 영향을 받았는지, 그 때문에 사람들과 친밀하게 지내는 것이 얼마나 어려운지를 기훈에게 이해시키려고 애쓸 때도 있었다. 기훈은 내 눈을 똑바로 쳐다보면서 정성껏 고개를 끄덕여주었지만 그럴수록 내 이야기가 나 자신은 물론이고 누구도 이해시키지 못하리라는 절망감에 몸을 떨며 옷을 껴입곤 했다.

나는 이불을 턱밑까지 끌어당긴 채 몸을 뒤척였다. 엄마의 코 고는 소리가 점점 커져갔다. 나는 계속해서 잠들려고 애썼다. 아무 생각도 하지 않으려고 했지만 별수 없이 낮에 보았던 노인의 구겨진 운동화가 떠올랐다. 그 운동화는 너무 낡았고 너무 더러웠다. 심지어 너무 커서 노인의 작은 발에 맞지도 않았다. 하지만 노인은 태평한 얼굴로 개를 안고 있었지.

그 개는 알까. 노인이 점점 기억을 잃어간다는 사실을.

문득 나는 세상에는 얼마나 많은 개와 노인이 함께 살고 있는지 궁금해졌다.

나중에 엄마도 개를 키우겠다고 말하는 순간이 오게 될까?

그런 순간이 오지 않기를, 나는 바랐다.

3

아버지가 돌아가신 지 몇 해가 지난 지금 나는 여전히 엄마 집에서 보낸 그 며칠 동안의 일들을 떠올려볼 때가 있다. 엄마 와 단둘이서 그토록 오랜 시간을 함께 보낸 적은 그때가 처음 이었고 앞으로도 없을 것 같았다. 나는 엄마에게 묻고 싶은 이 야기가 아주 많았는데, 막상 엄마 얼굴을 마주하고 있으면 딱 히 무슨 말을 해야 할지 생각나지 않았다. 엄마는 내가 그 집 에 있을 때도 여전히 사람들을 만나러 다니느라 바빴기 때문 에 아무도 없는 집에서 나 혼자 엄마를 기다릴 때가 많았다. 그 때마다 저녁 무렵 어두워진 골목 끝에서 엄마 얼굴이 나타나 기를 초조하게 기다리던 내 어린 시절이 떠올랐고 이만큼이나 나이를 먹었는데도 여전히 내가 엄마를 기다리고 있다는 사실에 놀라워했다.

이런 말을 숙경씨에게 했을 때 어떤 마음은 변하지 않은 채 그 사람과 함께 나이들어가는 법이라는 대답이 돌아왔다. 숙경씨는 우리집 맞은편 건물 1층에서 작은 공방을 운영하는데, 문이 닫혀 있을 때가 많았다. 어쩌다 문이 열려 있는 날 한두 명의 여자가 가게 안을 서성이며 물건을 고르기도 했지만 대개는 빈손으로 나올 때가 더 많았던 것을 보면 장사가 잘 되지는 않는 듯했다. 우리는 가끔씩 마주치면 가볍게 인사했지만 긴 대화는 나누어본 적이 없었다. 그러다가 어느 날 호숫가 근처 기다란 나무 벤치에 멍하니 앉아 있는 숙경씨를 보고 나는 깜짝 놀랐다. 안에서 보았을 때와는 달리 너무 슬퍼 보였기에 나는 다른 사람일지도 모른다고 생각했다. 공원을 두 바퀴째 도는 동안 그가 맞다는 생각이 들었고 다시 마주치면 인사라도 해야겠다고 생각했다. 하지만 내가 다시 그리로 갔을 때 그는 없었고 그가 떠난 자리에는 햇살이 내려앉아 있었다. 그리고 며칠 뒤 똑같은 벤치에 앉아 있던 숙경씨가 나에게 숲이 점점 변하고 있지 않느냐며 말을 걸어왔다. 나는 숨을 고르는 척 최대한 자연스럽게 벤치에 앉았다.

"하루하루가 달라요."

나는 말했다.

"벌써 초록색 싹이 움튼 게 보이더라고요."

그것이 우리 대화의 시작이었고 이후 나는 오로지 숙경씨를 만나기 위해 산책을 나서기도 한다. 우리는 따로 약속을 하지는 않았지만 공원에서 마주치면 알은체한 뒤 벤치에 앉아 이런저런 이야기를 나누었다. 나는 그 점이 좋았다. 우리 대화는 보통 날씨로 시작했는데, 나는 그것도 좋았다.

"봄바람치고는 꽤 맵죠?"

숙경씨가 말을 건네면 나는 얼어 죽을 것 같다며 호들갑을 떨었다.

"지금은 걷기 시작한 지 얼마 안 돼서 춥다고 느껴지지만 걷다보면 날씨가 좋아질 거예요."

나는 바람에 흐트러진 숙경씨의 흰 머리카락이 그의 이마와 한쪽 눈을 가리는 모습을 보는 것도 좋아했다.

"그거 알아요?"

어느 날 벤치에 앉자마자 그가 상기된 얼굴로 말했다.

"평생 내가 뭘 원하는지 모르고 살았는데, 이곳에 와서야 알았어요. 난 그저 이런 풍경을 보고 싶었던 거예요. 보기 전엔 몰랐는데, 눈앞에 있으니까 알겠더라고요."

나는 무수히 반짝이는 호수의 물빛을 바라보며 고개를 끄덕였다.

"이런 곳에서 사는 건 엄청난 행운일 거예요."

숙경씨가 조용히 중얼거렸다. 그 말은 반박할 수 없는 진실이었고 나는 왠지 죄책감이 들었다. 그렇게 큰 행운을 내가 누려도 되는 것인지 알 수 없었기 때문이다.

"운동 시작한 지 얼마나 됐다고 했죠?"

"운동이라고 하기에는 민망한 수준이에요."

나는 어깨를 으쓱거렸다.

"중요한 건 멈추지 않는 거겠죠. 나도 가끔은 집에 그냥 누워만 있고 싶을 때가 있어. 그럴 땐 정말 집 밖으로 한 발짝도 나가고 싶지 않아요."

"저만 그러는 줄 알았어요."

"그럴 리가."

"신발을 신고 나오기만 하면 되는데, 그게 참 힘들어요."

"오늘처럼 찬바람 부는 날엔 더 미적거리게 되고."

"맞아요."

우리는 보온병에 담아온 뜨거운 커피와 차를 나누어 마셨다. 그러는 동안에도 사람들은 끊임없이 팔을 힘차게 휘두르며 걸어다녔고 목줄을 길게 늘어뜨린 개들은 가는 곳마다 냄새를 맡느라 멈추어 섰다. 우리는 잔디밭을 빠르게 뛰어다니는 개들을 쳐다보느라 시간 가는 줄도 몰랐다. 그러다 갑자기 차를 마시던 숙경씨가 기침하기 시작해 나는 걱정스레 그를 쳐다보았다. 그가 이렇게 오래 앉아 있어도 되는지 걱정되었지만 지난번 그가 했던 말이 떠올라 입을 다물었다.

"처음에, 내가 암에 걸렸다고 하면 그때부터 사람들은 죄다 나를 환자로만 봤어요. 그게 참 싫더라고. 난 여전히 이숙경인데 말이야. 의사들끼리는 이렇게 말하겠죠? '그 53세 여성 림프종 환자는 요즘 어때?'"

나는 그 말에 웃음을 터뜨렸다. 내가 웃자 숙경씨가 내 어깨를 두드리며 했던 말도 떠올랐다.

"내가 이름을 불러달라고 한 게 이해되죠?"

나는 그의 눈을 똑바로 쳐다보며 고개를 끄덕였다.

"그러니 지키고 싶은 이름이 있다면 그 이름을 지켜야 해요. 사람들은 이름이 뭐 별거냐고 하는데, 내 생각에 사람들의 이름은 중요해요. 그게 별것 아니면 다른 건 대체 뭐가 중요하겠어?"

나는 그 말을 이해했다. 이어서 그가 말했다.

"그리고 누군가를 너무 미워하다보면 몸이 아프게 돼요. 그러니까 해주씨는 아무도 미워하지 말아요."

그래서 나는 그 이야기를 했다. 어느 날 병상에 누워 있던 아버지의 얼굴이 전혀 다른 사람처럼 보였던 것에 대해. 병실 바닥에 놓인 슬리퍼조차 혼자서는 제대로 신을 수 없다는 사실을 깨달은 아버지가 울음을 참으려고 애쓰느라 야윈 두 주먹을 꼭 쥐고 있었던 일에 대해. 그 모습을 본 내가 병실 문 앞에서 도망치듯 뒤돌아 나왔던 일에 대해 말하기 시작했다. 그날 나는 그 건물 지하 1층에 있던 제과점에서 산 롤케이크와 음료수 한 상자를 접수대의 간호사에게 맡긴 뒤 주차장으로 내려가 한참을 운전석에 앉아 있었다. 그 말을 할 때 숙경씨와 눈이 마주쳤다. 안색이 창백한 피로한 얼굴을 보고 나는 곧 부끄러움에 얼굴을 붉혔다. 내가 말을 멈추자 숙경씨가 내 무릎 위에 자신의 한 손을 올리고 말했다.

"계속해봐요."

내가 머뭇거리자 그가 고개를 끄덕였다.

"가끔은 날씨 얘기 말고, 몸에 좋다는 이상한 약초 이름이나 민간요법 같은 얘기 말고, 다른 사람들 얘기도 듣고 싶어요. 이젠 괜찮아졌다고 말해도 사람들이 나만 보면 그런 걸 가르쳐주고 싶나봐요."

나는 그의 얼굴을 보았고 그도 나를 보았다.

"그러니 계속해봐요. 내가 듣고 있을 테니까."

나는 무슨 뜻인지 알 것 같았다. 또 내가 영원히 그 말을 잊지 못하리라는 사실도 알았다.

때로는 타인의 고통이 우리를 연결한다. 나는 정말로 그렇게 생각한다. 우리는 우리가 경험하지 못한 고통을 통해서도 다른 사람을 이해할 수 있다고. 완전히 이해할 수는 없겠지만 적어도 비슷하게나마 공감할 수는 있게 된다고.

4

소리. 늘 내 기억 속을 덜컹거리며 지나가던 바큇소리가 있다. 한동안 들리지 않던 그 소리가 엄마 집에 있던 그 며칠 동안 귓가에 맴돌았다. 내 머릿속이 아니라 실제로 들리는 소리였다. 예전만큼 가까운 거리는 아니었지만 엄마 집 베란다에서도 기차가 지나가는 것이 보였다. 기찻길 너머로 내가 마지막으로 부모님과 함께 살았던 동네가 보였다.

예전에 우리가 거기 살 때 그곳의 집들은 하나같이 낡았고 지붕 색도 비슷했다. 집들은 길가에 있는 집들을 제외하고 대부분 시멘트로 쌓아올린 담장 하나를 사이에 두고 서로 맞붙어 있었다. 크기도 형태도 비슷한 집들이 한데 모여 마을을 이루고 있는 그 동네에서 우리 가족이 살기 시작한 것은 내가 초등학교에 입학할 무렵이었다. 그전에는 철길 너머 외딴집에서 살았다. 내 유년 시절의 기억을 담은 앨범이 있다면 맨 첫 장을 차지하게 될 그 집은 사방이 뻥 뚫린 들판 한가운데 있었다. 보이는 것은 철길 옆 논두렁 사이로 나 있는 좁은 흙길뿐이었다. 우리는 그 흙길을 따라 큰길로 나가곤 했다. 큰길 옆에는 막사가 딸린 철도 건널목이 있었는데, 육교가 지어지기 전까지 나이든 철도 관리원이 혼자 살면서 건널목을 관리했다. 그는 콘크리트로 지어진 좁은 막사에 앉아 온종일 라디오를 들으며 무료한 시간을 달랬다. 그러다가 주변을 둘러싼 정적을 깨뜨리는 신호음이 울리면 벽에 걸어둔 제복 윗도리를 걸쳐 입고 모자를 쓴 채 차단기를 내리러 나갔다. 그는 항상 빠른 속도로 자신의 눈앞을 스쳐지나가는 사람들을 향해 경례하곤 했는데, 그것이 직업적 의무였는지, 아니면 그냥 의례적인 인사였는지는 모른다. 가끔은 여행객들도 그를 향해 손을 흔들었다. 나는 그들이 열차시간에 맞추어 차단기를 올렸다 내렸다 하는 그의 고독한 뒷모습은 영원히 보지 못하리라는 사실에 작은 슬픔을 느꼈던 것 같다.

가깝거나 먼 도시에서 온 사람들이 한밤중에 달려오는 기차를 향해 뛰어들었다는 이야기는 거짓이 아니었다. 드물게 열차 사고가 나는 날은 마을 전체가 비밀의 무게를 감당하지 못해 어수선했다. 처음에 나는 이해하지 못했지만 나중에는 알게 되었다. 몇몇 남자아이는 자신이 직접 시신을 보았다고 말하면서 한동안 뻐기고 다녔다. 걔네 말이 기차에 치여 죽은 시신은 형체를 알아볼 수 없게 너덜너덜해진다고 했다. 그때마다 냄새를 맡은 동네 개들이 기찻길을 어슬렁거린다고. 그중 한 마리가 수습되지 못한 누군가의 손가락을 함부로 주워 먹고 목이 막혀 죽은 일도 있었다. 어떤 남자아이는 죽은 개가 바로 자기 집에서 키우던 개였다고 자랑스레 말하기도 했다. 시신을 더 자극적으로 묘사할수록 다른 아이들의 관심을 끈다는 것을 아는 어떤 아이는 자기 얼굴에 피가 튀었다고 말하기도 했다.

"거짓말, 너는 그때 거기에 있지도 않았잖아."

내 말에 그 아이는 얼굴이 벌게지더니 나를 죽일 듯이 노려보았다.

나는 더이상 다른 아이들이 하는 말을 들으려고 무리에 억지로 끼어들지 않았다. 대신 언젠가 기회가 된다면 나도 시신을 보고 싶다고 생각했다. 그것은 나만의 비밀스러운 바람이자 시험 같은 것이었다. 나는 나에게 얼마만큼의 용기가 있는지 알고 싶었다. 그래서 가끔은 연습삼아 한낮에도 철둑길을 어슬렁거렸다. 개나 고양이 같은 짐승의 사체가 보이면 다가가 쪼그리고 앉아 한참을 들여다보았다. 죽어서 햇볕에 말라 비틀어진 짐승들은 그다지 징그럽지 않았다. 오히려 죽은 것을 파먹으려고 모여드는 파리떼나 이름 모를 벌레들에 눈살을 찌푸린 적이 더 많았다. 어느 순간 나는 준비가 끝났다고 느꼈다. 언니는 내가 못 볼 거라고 했지만 나는 자신이 있었다.

'왜 못 봐? 눈만 뜨고 있으면 되는데.'

하지만 나는 끝내 죽은 사람의 시신은 보지 못했다. 그런 사고는 아이들이 잠든 한밤중이나 새벽에 일어났기 때문이다. 어쩌다 소식을 듣고 뛰어간 날에는 갈라진 침목 사이로 검게 흘러내린 타르와 자갈에 튄 핏자국만이 한여름의 뙤약볕 아래 서서히 굳어가고 있을 뿐이었다. 나는 파리떼가 윙윙거리는 철로 한가운데 서서 그 흔적들을 오래도록 바라보았다. 한 번은 내가 그러고 있을 때 미지근한 액체가 내 입술을 적시는가 싶더니 코피가 울컥 쏟아져나와 검은 자갈 위로 뚝뚝 떨어졌다. 목구멍으로 흘러든 피를 뱉어낸 뒤 평소에 하던 대로 목을 뒤로 젖히고 피가 멎기를 기다렸다. 마치 너무 늦게 도착한 사람이 받아야 할 벌이라는 듯 한 번 터진 코피는 좀처럼 멎지 않았고 노란색 티셔츠에 짙은 얼룩을 남겼다. 그 티셔츠를 어떻게 처리했는지는 기억나지 않는다. 아마도 옷장 깊숙한 곳에 숨겨놓고 잊어버렸거나 엄마가 빨려고 했지만 얼룩이 지워지지 않아버렸던 것 같다.

그런 일이 아니면 낮 동안은 나 혼자 집에 있을 때가 많았다. 그럴 때는 마당에 서서 우리집 옆을 지나가는 기차를 향해 손을 흔들어보기도 했다. 우리집과 철도 사이에도 논이 있었는데, 기차가 지나갈 때마다 고개 숙인 벼들이 파도처럼 한쪽 방향으로 쓰러졌다 일어섰다. 햇볕을 받은 벼들은 황금색으로 빛났다. 나는 열차 유리창으로 언뜻언뜻 비치는 사람들의 얼굴을 보면서 그 많은 사람이 모두 어디로 가는지 궁금해했다. 그런 생각을 하면 우리 가족은 남겨진 사람들 같다는 느낌이 들었다. 어디로도 갈 수 없고 갈 곳도 없는 사람들만 그곳에 남아 꾸역꾸역 인생을 살아가고 있는 것 같았다.

이따금 열차 안 사람들이 나를 보았을까 몹시 궁금해하면서 기차가 사라진 여운 속에 혼자 덩그러니 서 있었다. 나는 목격되고 싶었다. 그토록 고립된 장소에 내가 있다는 것을 사람들이 알았으면 싶었다.

기차가 지나가고 나면 적막감이 순식간에 집 안을 에워쌌다. 내가 정말로 두려웠던 것은 언제나 그 순간이 오리라는 사실을 알고 있었기 때문이다. 그 조용함, 귀가 먹먹할 정도로 조용한 세상에서 길을 잃지 않기 위해 내가 한 일은 노래 부르기였다. 나는 끈질기게 노래했다. 낮은 목소리로 흥얼거리면서 집 안 여기저기를 느리게 돌아다녔다.

그런 날이 드물지 않았고 대부분의 날 또한 비슷하게 흘러갔다. 집안 분위기는 이상하게 늘 어둡고 가라앉아 있는 것 같았고 식구들은 서로에게 낯선 타인인 양 무관심한 채 지냈다. 언니는 틈만 나면 나를 떼어놓기 위해 거짓말했고 아버지는 의식적으로 우리와 멀리 떨어져 있으려고 애쓰는 듯한 느낌이었다. 그게 아니더라도 아버지는 거의 언제나 화가 나 있는 사람처럼 보였다. 아버지를 화나게 만드는 것—그것은 세상 모든 것이었다. 아버지를 제외한 나머지 식구들은 아버지 신경을 건드리지 않으려고 집 안에서조차 까치발로 조심스레 다녔다.

아버지는 집 앞 빈 땅에 묘목을 심어 1년이나 2년 뒤에 근처 농원에 내다 파는 일을 했는데, 그 일로 돈을 벌지는 못했던 것 같다. 시내 근처에 작은 사무실을 차려놓고 거기서 사람들을 만났지만 가끔 예고 없이 낮에도 집에 들어와 저녁 무렵까지 잠을 잘 때가 있었다. 그런 날 엄마가 집에 없으면 불같이 화를 내면서 당장 엄마를 찾아오라고 우리를 내몰았다. 언니와 나는 엄마를 찾으러 가는 척하면서 밖으로 나가 기찻길 주변을 서성이며 시간을 때웠다. 우리가 주로 한 놀이는 못이나 병뚜껑을 주워 레일 위에 나란히 올려두고 기차가 지나가기를 기다리는 것이었다. 다른 아이들이 딱지를 모으듯 우리는 바퀴에 눌려 납작해진 못과 병뚜껑을 모았다. 그러다가 날이 저물기 시작하면 잔뜩 겁을 먹은 채 다시 집으로 돌아갔다. 무거워진 주머니에서는 쇠 부딪치는 소리가 났다.

한번은 우리가 집 마당에 들어서기도 전에 아버지가 엄마를 향해 욕설을 퍼부으면서 무언가를 집어던지는 소리가 들렸다. 언니와 나는 집 앞 담벼락에 쭈그리고 앉아 싸움이 끝나기를 기다렸다. 얼마 후 문이 세게 열렸다 닫히는 소리가 들려왔고 이제 집에 들어가도 되겠구나 싶을 때쯤 언니가 먼저 안으로 뛰어들어갔다. 나도 곧장 뒤따라갔다. 내 눈은 엄마를 찾느라 바쁘게 움직였다.

"엄마."

나는 언니 목소리를 들었다. 엄마는 부엌 식탁에 앉아 있었는데, 손으로 얼굴을 감싸고 있었다. 엄마는 우리를 처다보려고 하지 않았다.

"엄마?"

내가 울먹이는 소리를 내자 엄마가 고개를 들었다. 엄마는 물을 좀 달라고 했다. 엄마 이마에서는 피가 흐르고 있었다. 핏방울이 엄마의 문신한 눈썹 위, 약간 푸르스름하고 갈매기가 나는 듯한 모양의 부자연스러운 눈썹 위로 흘러내리고 있었다. 언니가 떨리는 손으로 주전자에 든 물을 따라주었다. 엄마는 간신히 한 모금 마시더니 컵을 도로 내려놓았다. 언니가 재빨리 수건을 가져와 엄마에게 건넸다. 엄마는 그것으로 피를 닦았다. 엄마 손등이 퍼렇게 부어올라 있었다.

"저리 가 있어. 별거 아니니까."

이윽고 엄마가 말했다. 그러고는 피 묻은 수건을 한참 내려다보더니 다시 반으로 접어 이마에 대고 꾹꾹 눌렀다. 나는 엄마 얼굴이 너무 창백해 보여 울기 시작했다. 그러자 언니가 내 옆구리를 꼬집으며 말했다.

"조용히 좀 해."

그러고는 엄마를 향해 지금 당장 외삼촌이나 이모한테 전
화해 엄마가 다쳤다는 사실을 알려야 한다고 말했다.
　피가 어느 정도 멎었을 때쯤 엄마가 우리를 쳐다보았다.
　"엄마 봐봐."
　엄마가 말했다. 붉게 충혈된 엄마의 눈이 무섭게 느껴졌다.
내가 시선을 피하려고 하자 엄마가 내 두 뺨을 두 손으로 꽉
붙들었다.
　"엄마 말 잘 들어, 특히 해주."
　나는 눈물과 콧물이 범벅인 채 고개를 끄덕였다.
　"이거." 엄마가 말했다. "말했지, 별거 아니라고. 그냥 식탁
모서리에 부딪쳤어. 그러니까 아무한테도 얘기하면 안 돼, 알
았지?"
　엄마는 우리 얼굴을 번갈아 쳐다보았다. 그러고는 우리를
안심시키려는 듯 억지웃음을 지어 보였다. 엄마 얼굴이 이상
하게 일그러졌다. 엄마는 계속 웃으려고 했지만 이윽고 그 모
든 노력이 별수 없다는 것을 깨달은 듯 엄마 얼굴에서 서서히
표정이 사라졌다. 그때 내 안에서 무언가가 쪼개지는 듯한 소
리가 들렸는데, 아마도 내 내면에 숨 쉬고 있던 어떤 사랑스러
운 부분에 금이 갔던 것인지도 모른다.

　이후로 나는 매일 밤 잠들지 않기 위해 노력했다. 부모 중
한 사람이 깨어 있는 듯싶으면 나는 불안했다. 두 사람이 잠든

것이 확실해질 때까지 귀를 쫑긋 세우고 있다가 나도 모르게 잠들어버리는 적이 더 많았지만 그래도 의식이 있을 때까지는 긴장을 늦추지 않았다. 때로는 너무 걱정된 나머지 이불에 실수하기도 했다. 그러면 옆에 누워 있던 언니가 축축함을 느끼고 벌떡 일어나 내가 항상 일을 크게 만든다고, 나 때문에 엄마가 더 힘들다는 것을 알아야 한다고 말했다. 그러고는 젖은 이불을 둘둘 말아 한쪽 구석에 처박아놓은 뒤 옷장에서 새 이불을 꺼내 바닥에 깔았다. 그럴 때는 수치심이 나보다 커져서 내가 이 세상에 존재하는지조차 모를 지경이었다.

"걱정 마. 엄마한테는 내가 잘 말해볼게."

시간이 지나 언니 기분이 좀 나아지면 언니는 그렇게 말했다. 그러면서 이전에 있었던 일은 어느 집에서나 일어나는 일이며 자기 친구네 부모님은 이혼해서 따로 떨어져 살기까지 한다는 말을 했는데, 전혀 위로가 되지 않았다. 오히려 내가 궁금했던 점은 왜 서로 사랑하지도 않는 사람들이 한집에 모여 살고 있을까 하는 것이었다.

내가 최초로 그 일을 의식한 이후로 그런 일은 종종 일어났다. 아니, 어쩌면 거의 매일 그랬던 것 같다. 한밤중에 악쓰는 듯한 엄마의 목소리가 들리면 언니와 나는 자다가도 벌떡 일어나 옆방으로 달려갔다. 우리는 아버지가 무서워 가까이 다가가지 못하고 문 앞에서 그냥 울기만 했다. 좀더 시간이 흐른 뒤에는 흐느끼기만 하다가 언제부터인가 그냥 우리 방 이불 속에 엎드린 채 상황이 종료되기만을 기다렸다. 나는 혼자서 가슴을 꾹꾹 누르면서 울음을 속으로 삼키는 법을 배웠다. 가끔 엄마가 안에서 튕겨나가듯 맨발로 집 밖을 뛰쳐나갈 때가 있었는데, 그런 밤이면 엄마가 영원히 돌아오지 않을까봐 밤새 마음을 졸였다.

며칠 동안은 엄마를 건드리지 않으려고, 엄마의 신경을 거스르지 않으려고 무척 애를 썼다. 그러다 참을 수 없이 엄마 품이 그리워지면 엄마 뒤를 졸졸 따라다니면서 엄마가 나를 안아주기를, 이제는 다 괜찮아졌다고 말해주기를 기다렸다. 엄마가 너무 필요해서 차라리 다시 엄마 배 속으로 들어갔으면 좋겠다고 생각했다. 엄마는 늘 짧게만 말했다. "저리 가." 혹은 "제발, 좀." 때로는 그냥 파리를 쫓아내듯 힘없이 손을 내젓기만 할 때도 있었다.

내 생각에 내 감정의 많은 불확실한 부분은 아마도 이때 형성되지 않았나 싶다. 어린 시절 부모에게 받은 사랑이 평생 간다면 그렇지 못한 사람들은 어디서 그 많은 사랑을 다 채울 수 있을까?

지금은 아니지만 한때 다정하고 친절한 사람들을 볼 때마다 그 사람이 어릴 때 받았을 사랑의 양을 가늠해본 적도 있었다. 하지만 이후에 내가 알게 된 또다른 진실은 사람들이 항상 사랑을 받은 만큼 친절하지 않다는 것이었다. 어떤 사람은 넘치게 사랑하지만, 어떤 사람은 받은 사랑의 절반도 타인에게 되돌려주지 못한다. 그리고 또 어떤 사람은 사랑을 받아본 적이 없기에 스스로 사랑을 발명해내기도 한다. 나는 이 사실을 최근에야 깨달았다.

드물게나마 엄마가 우리에게 관심을 보일 때도 있었다. 가끔은 우리를 입히고 씻기고 먹이는 일에 집중하거나 밖에서 사람들과 있을 때처럼 우리를 웃기려고 재미있는 이야기를 지어내기도 했다. 그때마다 나는 우리끼리 살면 얼마나 좋을까라고 생각하면서 엄마 옆에 껌처럼 들러붙었다.
"벌떡증이야."
어느 날 엄마는 내 목의 때를 거칠게 벗겨내면서 그렇게 말했다.
실제로 나는 아버지가 좀 미친 것이 아닐까 생각했고 일기장에 그렇게 써놓기도 했다.
벌떡증.
나는 그 말도 써놓았다.

훗날 나는 도서관에서 다른 나라 전쟁에 관한 책을 보다가 폭격으로 무너져내린 마을 한복판에 우뚝 서 있는 여자아이의 사진을 본 적이 있다. 차마 울 수조차 없어 입은 굳게 다물고 있었고 크게 뜬 눈은 부서진 건물의 잔해를 보고 있었다. 나는 그 여자아이가 바로 나라고 생각했다. 이 말은 과장이 아니다.

그리고 또 어느 날은 나이든 한 작가가 자신의 어린 시절 경험을 바탕으로 쓴 소설을 읽은 적이 있다. 지금 그 내용은 기억나지 않지만 나는 그 이야기가 바로 내 이야기라고 생각했다. 소설 속에 등장하는 어린 여자아이는 가난하지 않았고, 어른들의 관심을 받고 자랐으며, 다른 사람을 깜짝 놀라게 할 정도로 똑똑한 아이였는데도 그랬다. 다른 나라의 작가가 쓴 책을 읽었을 때도 마찬가지였다. 그 사람의 어린 시절이 실제의 내 경험과 얼마나 비슷한지와는 무관하게 그런 느낌을 받았다. 책을 다 읽고 난 뒤에는 속으로 감탄하면서 외쳤다. '이거 완전 내 이야기잖아.'

그런 일이 왜 일어나는지는 여전히 모르겠다. 전혀 다른 배경을 가진 다른 사람의 이야기에서조차 우리를 발견하는 일이.

그럼에도 불구하고 내가 아는 것은 여기 우리가 사는 세상에서 똑같은 인생은 하나도 없다는 것이다. 이는 모두가 아는 사실이다.

내가 하고 싶은 말은, 사람들은 각자의 전쟁을 치르고 있거나 휴전중일 때가 있다는 것이다. 또 어떤 사람은 자기만의 전투를 끝낸 뒤 자신이 만든 껍데기 안으로 들어가 평생을 쭈그리고 앉아 있다.

그렇게 모두가 부서진 세상을 끌어안고 산다.

5

    그 시절 엄마는 나에게 완전히 상반된 두 이미지로 남아 있
다. 집에 있을 때와 밖에 있을 때 엄마는 완전히 다른 사람이었
다. 엄마는 돈을 벌기 위해 밖에서 늘 무슨 일인가를 시도했는
데, 끝은 항상 좋지 않았다. 한번은 초등학교 앞 길가 작은 상
가를 빌려 분식을 팔았는데, 내가 그걸 기억하는 이유는 언니
와 내가 소시지를 끼운 나무젓가락에 밀가루 반죽을 돌돌 말
면서 장난을 친 기억이 있기 때문이다. 엄마는 무엇이든 넘치
게 만들었다. 그래서 우리집에는 한동안 음식 재료들이 남아
돌았다. 미처 팔지 못한 핫도그는 커다란 보온 밥솥에 넣어두
었다. 밥솥 뚜껑을 열면 시큼한 밀가루 냄새가 났다. 엄마가 일

하러 나가고 없는 동안 우리는 핫도그를 한 개씩 꺼내 먹다가 나중에는 아예 쳐다보지도 않게 되었는데, 맛도 맛이지만 언젠가 내가 그걸 먹고 토했기 때문이다.

그후로도 엄마는 드문드문 일했고 일하지 않을 때조차 사람들을 만나러 다니느라 거의 집에 없었다. 나는 집에 혼자 남아 엄마를 기다릴 때가 많았다. 어쩌다 엄마가 집에 있는 날 엄마를 찾는 전화가 걸려오면 나는 거짓말로 둘러댔다. 그러면 사람들은 아쉬워하며 전화를 끊었다.

지금 생각하면 엄마가 어떻게 그럴 수 있었는지 궁금하다. 처음에는 엄마도 우리에게 감추려고 한 것 같았다. 그러나 시간이 흐르고 혼자 힘으로는 우리집에서 벌어지는 일을 도저히 숨길 수 없게 되자 우리에게 멍든 자국을 보여주기까지 했다. 엄마는 자신이 곧 죽을지도 모른다는 말도 서슴없이 했는데, 아마도 우리가 말을 안 듣거나 서로 싸울 때 협박용으로 그 말을 했던 것 같다. 그런 말을 들으면 누구라도 자신이 세상에서 가장 나쁜 아이가 된 것처럼 느낄 수밖에 없다는 것을 엄마는 몰랐을까?

어찌 되었건 엄마는 다른 사람들을 만나면 밤새 아무 일도 없었다는 듯 실없는 농담을 주고받거나 큰 소리로 말해서 나를 의아하게 만들었다. 그 무렵에는 마을 여자들도 철길 너머 외딴집에서 무슨 일이 벌어지는지 알았을 것이다. 그런데도 어느 한 사람 우리에게 괜찮냐거나 그 비슷한 말도 묻지 않았던 것을 보면 어른이 된다는 것이 때로는 아무것도 모르는 척 연기를 해야 한다는 의미일지도 모른다고 생각했다.

엄마는 가끔씩 나를 데리고 친한 사람들이 모이는 마을의 한 집으로 갔고 나는 그 집 담벼락 앞에서 혼자 공기놀이하며 엄마를 기다렸다. 그러면 엄마가 들어간 집의 열린 문 안쪽에서 왁자한 웃음소리가 들려왔다. 엄마는 유신 시절 대통령 암살 사건 현장에 있었다던 어느 트로트 가수의 노래를 멋들어지게 부르거나, 못생긴 것으로 유명했던 한 코미디언의 말투와 걸음걸이를 똑같이 흉내내기도 했다. 나는 엄마가 그 코미디언 흉내내는 것이 싫었는데 어떤 농담은 자기비하를 통해서만 가능하다는 것을 그때는 잘 몰랐기 때문이다. 하지만 엄마가 부르는 노래는 듣기 좋았다. 노래를 부를 때 엄마는 완전히 다른 사람 같았다.

훗날 나는 인생이 고달픈 많은 사람이 다른 사람들을 웃기기 위해 노력한다는 사실을 알았는데, 아마도 그런 게 인생의 아이러니가 아닌가 싶다.

그렇더라도 나는 엄마가 너무 많이 웃지는 않았으면 했다. 엄마가 많이 웃는다는 것은 취했다는 뜻이었기 때문이다. 취한 엄마가 객기에 사로잡혀 집에 돌아갈 시간을 놓치게 될까 봐 중간에 어른들이 노는 마당으로 들어가 그 앞을 얼쩡거리기도 했다. 그러면 마을 여자들이 나가서 놀라며 등짝을 살짝 때리거나 아니면 그냥 무시했다. 그런 자리에서는 세상의 온

갖 것이 화제에 올랐는데, 평범한 이야기도 엄마를 통해 들으면 아주 무시무시해지거나 웃기는 이야기가 되곤 했다. 엄마는 그 마을에서 가수이자 코미디언 역할을 자처했지만 내 생각에 그중 가장 탁월했던 점은 이야기를 부풀리는 능력이 아니었을까 싶다.

해가 저물 무렵이면 나는 늘 엄마가 나를 잊지 않았기를, 철길 너머 우리집을 포기하지 않았기를 바라며 집에 가자고 졸라대기 시작했다. 마치 내가 엄마를 진짜 세상으로부터 떨어뜨려놓은 나쁜 사람이 된 듯한 기분이 들면 조르기를 멈추고 나 혼자 집으로 돌아가기도 했지만 가끔은 정말로 엄마를 지치게 만들어 자리에서 일어나게 만드는 데 성공하기도 했다. 집으로 가는 동안 엄마는 나와 한마디도 하지 않았는데 어쩌면 자신이 방금 떠나온 세계의 다정한 환대와 사람들의 말소리를 잊지 못해 그러는지도 몰랐다.

대문을 열고 들어선 순간 마주치는 아버지의 흔적들—댓돌 위에 벗어놓은 구두와 마당에 세워둔 자전거—은 엄마를 마법에서 깨어나게 만들기에 충분했다. 매번 그 앞에서 본능적으로 발걸음을 멈추고 뒤를 한 번씩 돌아다보는 엄마를 보며 나는 엄마가 온몸으로 집에 들어가기를 거부하고 있음을 느낄 수 있었다.

집에 돌아온 엄마의 얼굴에서 서서히 표정이 사라지고 말을 잃어가는 모습을 지켜볼 때마다 내가 무엇을 잘못했는지 걱정하느라 늘 전전긍긍했다. 그럴 때 엄마는 자신의 본질을 어딘가에 빠뜨리고 온 사람처럼 텅 비어 있는 듯했고 언니와 나는 껍데기만 남은 엄마한테 매달려 있는 것 같았다. 바로 그 빈 껍데기가 우리가 기어들어가 평생 쪼그리고 앉아 있어야 할 유년의 장소였다.

내가 스무 살이 된 이후로는 집에 연락하지 않았기 때문에 그후 엄마가 어떻게 지냈는지는 잘 모른다. 어쩌다 한두 번 엄마가 전화해 어렵게 돈 이야기를 꺼내면 나는 모진 말로 거절했다. 내가 죄책감을 느꼈는가? 아니다. 나는 화가 났다. 크리스마스나 생일에 단 한 번도 선물을 받아본 적 없는 아이가 하나밖에 없는 장난감을 빼앗긴 것처럼 분노했다. 하지만 전화기에 대고 표출하지는 않았다. 그냥 속으로 울분을 삼키며 뱀처럼 차갑게 응대했다. 그러고는 항상 끊는다는 말도 없이 전화를 끊었다.

당시 나는 집에서 조금 떨어진 지역의 전문대학을 다니다 휴학한 뒤 등록금과 생활비를 벌기 위해 주류판매업체의 세무보조로 일하는 중이었다. 그때 내 소망은 다시 학교로 돌아가는 것이었다. 나는 혼자였고 앞으로도 계속 혼자일 터였다. 고아처럼 추운 거리를 혼자 울면서 걷다가 내가 무엇을 원하는지 곧 알게 될 것이었다.

내가 가끔이라도 엄마에게 전화하기 시작한 것은 기훈을 만나고 나서였다. 나는 그와 사귄다는 생각 없이 그를 만났는데, 그에게만은 우리집 이야기를 아무 부끄러움 없이 할 수 있었기 때문이다. 그는 항상 작은 목소리로 말했고 나와 달리 아무리 흥분해도 목소리를 높이지 않았다. 내가 이야기하면 그는 어린 시절 내가 어떤 사람이 우리를 도와주었으면 하고 바랄 때 떠올렸을 법한 그런 얼굴로 나를 보았다. 나는 처음으로 안전하다고 느꼈고 그 느낌 때문에 다른 것은 별로 중요하지 않다고 여겨졌다. 아마도 우리 인생의 많은 부분이 이런 혼란 속에서 결정되는 것이 아닐까 싶었다.

가끔 기훈의 성화에 못 이겨 엄마에게 전화를 거는 날도 있었다. 통화가 연결되면 나는 어색함을 견디지 못하고 기훈에게 수화기를 넘겼다. 기훈은 교육받은 사람답게 처신을 잘했고 그것이 엄마를 무척 기쁘게 한 듯했다. 통화가 끝날 무렵 엄마는 전화를 바꾸어달라고 하더니 얼마 전에 보험회사에 취직했다고 말했다. 나는 엄마가 권유한 실비보험에 가입했다. 3년마다 보험료가 오르는 갱신형 상품이었다. 엄마가 내 미래를 걱정해준 것은 그때가 처음이었고 그 사실을 떠올리자 어쩐지 좀 서글픈 생각이 들었다.

그런 식으로 드물게 연락하다가 결혼한 이후로는 엄마한테 좀더 자주 전화하게 되었다. 엄마는 보험판매일을 그만둔 뒤 한동안 일하지 않고 지내다가 요양보호사 자격증을 따기 위해

준비중이라고 했다. 나는 놀랐다. 엄마 혼자서 거동이 힘든 노인을 부축해 약을 먹게 하거나 끼니를 거르지 않게 식사를 챙겨주는 모습이 상상되지 않았기 때문이다. 그 순간 내가 엄마에 대해 아는 것은 지극히 일부일 뿐이라는 생각이 들었다. 긴긴 세월 동안 엄마 혼자 삼켜야 했을 공포와 두려움 혹은 막막한 외로움, 그중 무엇도 제대로 아는 것이 없다는 생각이 들었다. 엄마가 어떤 식으로 계속해서 살아갈 이유를 찾아냈는지도 모르겠다. 어찌 되었든 무언가가 있었을 것이다. 살아갈 힘을 주는 무언가가.

"이왕이면 백 점 맞을 거야."

엄마가 말했고 나는 잘됐으면 한다는 말로 통화를 마쳤다. 이후 엄마와 나는 좀더 자주 전화하기 시작했다. 통화는 길지 않았지만 최소한 서로가 지금 무엇을 하고 있고 어디에 있는지는 알 수 있었다.

"함께 공부한 사람 중에 나만 됐다. 내가 제일 나이가 많았는데."

시험에 합격한 날 엄마는 들뜬 목소리로 말했다.

"대단해, 엄마!"

내가 말했다.

"내가 학교에 다녔더라면, 공부를 참 잘했겠지."

전화를 끊기 전에 엄마가 말했다.

"맞아, 어쩌면 3년 내내 1등을 할 수도 있었을 거야."

내가 말했다.

엄마가 호탕하게 웃었다.

내가 늘 잊고 사는 것은 다른 사람의 삶처럼 엄마의 삶도 내가 아는 것 이상을 품고 있으리라는 사실이다.

나는 이 사실을 너무 자주 잊는다.

6

엄마 집에 머문 지 사흘째 되던 날 아침, 처음으로 엄마가 없는 빈집에서 눈을 떴다. 이른 아침부터 엄마는 센터에 전화를 걸어 수급자 상태를 묻거나 이웃 여자들한테 걸려온 전화를 받느라 분주했다. 나는 잠결에 엄마가 유리가 깔린 식탁 위에 반찬 그릇을 내려놓는 소리와 싱크대 물소리, 끓기 시작한 냄비 뚜껑이 들썩이는 소리를 들었다. 엄마는 찌개에 넣을 채소를 썰다가도 전화가 걸려오면 얼른 뛰어가서 받았다.

가끔은 내가 잠에서 깼는지 확인하기 위해 내 얼굴을 내려다보는 엄마의 기척을 느꼈다. 나는 눈을 감은 채 엄마의 숨소리를 들었다. 엄마한테 입냄새가 났지만 싫지는 않았다. 아파트 주차장에서 자동차 바퀴 구르는 소리가 희미하게 들려왔다. 그리고 최근에 다시 유행하기 시작한 옛날 노래가 들려왔다. 엄마가 전화를 받자 노래가 멈추었다. 이어서 전화기를 통해 흘러나오는 나이든 여자들의 투박한 사투리와 엄마의 호탕한 웃음소리, 배경음처럼 저 혼자 떠들고 있는 텔레비전 소리가 들렸다. 나는 엄마의 체취가 밴 낡은 이불 속에서 생각했다. 어릴 때 내가 원한 것은 단지 이렇게 시작되는 하루였다고. 이건 그렇게 어려운 일이 아니었다고.

지금 이 순간에도 그날 아침의 소음과 냄새가 생생히 떠오른다. 시간이 지나면 금세 잊히고 말 작고 의미 없어 보이는 장면들로 가득한 그곳에서 엄마의 삶이 계속되고 있다고 생각하면 나는 안심이 된다. 굴곡도, 반전도 없는 삶을 자신의 생활로 가득 채워나가면서 나이드는 것을 두려워하고 가끔 자식 걱정에 잠을 뒤척이기도 하는 평범한 하루가 엄마 몫으로 남겨져 있다는 사실에.

그날 아침 나는 회복기 환자처럼 모든 감각을 열어놓은 채 누워 있다가 도로 잠이 들었던 듯하다. 눈을 떴을 때 엄마는 없었고 집에는 나 혼자였다. 나는 눈 뜨자마자 기훈에게 전화했다.

"그래서 안방을 새롭게 꾸며볼까 해."

"효과가 있었으면 좋겠다."

"별건 없고 그냥 조명이나 침대를 바꾸는 거지. 침대는 매장에 재고가 없어서 며칠 기다려야 한대. 언니는 벽 일부라도 도배하자고 하는데, 그건 잘 모르겠고."

"극복하려면 시간이 좀 필요하실 거야."

"글쎄, 모든 사람이 그렇게 말하겠지."

"왜 그래……?"

"뭐가."

"아니, 좀 예민한 것 같아서."

나는 손가락으로 관자놀이를 꾹꾹 누르면서 뭐라고 할지 생각했다.

"내 생각에, 그런 건 극복하는 게 아니야. 그러니까 어떤 감정들 말이야. 그냥 시간이 흐르길 기다리는 것뿐이지."

"내 말이 바로 그 말이야."

'아니, 그 말이 아니야. 내가 말하는 건 오직 두려움에 대해서라고. 아무리 오랜 시간이 지나도 절대 사라지지 않는 두려움. 그건 오직 그 사람 혼자만 느끼는 그런 두려움인 거야.'

하지만 나는 그 말을 하는 대신 딸아이의 안부를 물었다.

"날 찾지는 않았어? 아침에 학교엔 잘 갔고?"

기훈은 이번에야말로 자신의 능력을 인정받을 차례라는 듯 "이상 무"라고 대답했다.

"이제 다 큰 것 같더라. 혼자 알아서 밥도 잘 먹고 밤에는 잠도 잘 잤어."

기훈이 갑자기 실없이 웃더니 말을 이었다.

"어젯밤에…… 예나가 갑자기 펑펑 울면서 우리 방으로 들어오는 거야."

"예나가 울었다고?"

놀란 나는 숨을 크게 들이마셨다.

"나도 깜짝 놀랐지. 무슨 큰일이라도 난 줄 알고. 왜 그러냐고 물었더니 내가 죽을까봐 너무 걱정되대."

"그게 무슨 소리야? 당신이 왜 죽어?"

"아니, 들어봐."

그래서 나는 잠자코 듣기 시작했다.

"잠들기 전에 그런 상상을 해봤대. 아빠가 죽으면 어떨지. 아빠를 더이상 볼 수도 없고, 얘기를 나눌 수도 없다고 생각하니까 저절로 눈물이 줄줄 흐르더래. 자기가 운 것도 아닌데."

"걔가 왜 그런 상상을 해? 밤에 무서운 얘기 들려줬어?"

내가 가쁜 숨을 몰아쉬며 묻자 기훈이 웃었다.

"그건 아니고. 왜 괜히 그런 상상을 할 때가 있잖아. 우리 어릴 때처럼. 그래서 말해줬지. 아빤 이백 살까지 살 테니 걱정 말라고. 그리고 한참 안아줬더니 울음을 그쳤어."

나는 제 아빠의 품에 안겨 서서히 울음이 잦아들기를 기다리는 내 딸의 조그만 정수리를 상상하면서 위로를 받은 한편, 입관식에 예나가 들어오지 못하게 막았어야 했다고 생각했다. 그때는 나도 경황이 없었고 예나가 우리 곁을 떠나려고 하지 않아 내가 정신을 차렸을 때는 이미 예나가 내 옆에 붙어 선 채 울고 있었다. 외할아버지와는 몇 번 만나본 적도 없었고 당연히 애틋한 기억도 없었을 텐데 예나는 엉엉 울었다. 나중에 장례식이 끝난 뒤 예나한테 외할아버지가 돌아가셔서 슬프냐고 물었더니 음악이 너무 슬펐다는 대답이 돌아왔다. 아마도 입관식을 진행할 때 스피커에서 흘러나온 음악을 말하는 것 같았다.

"그리고 엄마랑 이모도 울고 있었어. 할머니도."

나는 바로 알아들었다.

"그때 너무 충격을 받았나봐."

내가 말했다.

"그게 아니라……."

기훈이 내 생각을 눈치채고 말했다.

"예나는 당신의 슬픔을 알고 싶어서 그런 거야."

나는 잠시 멍한 채로 기훈의 다음 말을 기다렸다.

"아무리 생각해봐도 당신이 얼마나 슬플지 잘 모르겠더래. 그래서 비슷한 상황을 떠올려본 거지."

"참, 나……."

나는 픽 웃었다. 하지만 내 가슴은 미어졌다. 내 딸아이가 느꼈을 공포와 슬픔이 고스란히 느껴졌고 그 자리에 내가 없었다는 사실에 죄책감을 느꼈다.

"예나한테 말해줘."

나는 숨을 참고 말했다.

"엄마는 완전 괜찮다고."

　그 말은 사실이었다. 그렇다고 해도 나는 내 딸이 그런 상상을 하며 울 수 있어서 좋았다. 그후로도 기훈과 나는 한참 통화를 이어갔는데, 지금 기억나는 것은 이 이야기뿐이다.

7

어쨌거나 지금 내 집 앞 문가에 와 있는 것은 형체 없는 유령들이다. 그들이 기억의 덩굴을 헤치고 여기까지 왔다. 그들은 당신이고, 당신 또한 바로 그들이다.

왜 회상하는가?

당신이 나에게 물으면 나는 이제 대답할 수 있다.

당신을 초대하려고. 내 집에. 내 이야기에.

당신은 너무 오래 배회했다. 너무나도 오랫동안 유령이었다. 그러므로 당신이 그날 밤의 폭풍우를 기억하고 있다면 이제 우리는 함께 옛날 영화를 상영하는 극장의 관객이 될 수도 있다.

휘몰아치는 기억.

"엄마, 엄마. 바람은 왜 이렇게 빨라?" 한때 나는 그런 게 궁금한 아이였다. 엄마는 뭐라고 했던가. "좀 비켜봐. 안 보이잖아." 엄마는 드라마에 푹 빠져 있었다. 나는 이제 어릴 때 했던 질문에 스스로 답할 수 있을 만큼 자랐다. 나는 속으로 중얼거린다. '그냥. 어떤 일은 그냥 일어나.'

돌풍을 동반한 빗줄기가 우리가 잠든 방의 창문을 세게 때린다. 늘 그랬듯 속도는 우리가 가진 것을 망가뜨린다. 엄마가 잠든 우리의 상체를 흔들어 깨운다.

"일어나봐, 빨리……!"

환히 밝혀진 방 안. 갑자기 쏟아져 들어온 빛이 우리의 불편한 잠을 깨운다.

"난리야, 난리!"

엄마의 다급한 목소리에 우리는 정신을 차린다. 바람에 문짝이 흔들리고 밖에서는 아버지가 미친 사람처럼 지르는 고함과 함께 철벅거리는 소리가 들려온다.

우리는 맨발에 슬리퍼만 신고 밖으로 뛰어나간다. 얼마 전에 심은 묘목들의 뿌리가 바람에 뽑히지 않도록 해야 한다. 그 묘목을 사들이느라 아버지가 돈을 빌렸기 때문이다. 망할 놈의 바람. 망할 놈의 뿌리들. 연약한 것들은 모두 사라졌으면 좋겠다. 우리는 우리 자신을 보호하느라 너무 지쳤는데, 이제는 어린 회양목까지 보호해야 한다.

엄마는 나에게 롤처럼 말려 있는 비닐 뭉치를 단단히 붙들라고 말한 뒤 한 겹 떼어낸 비닐을 묘목 위로 덮어씌운다. 언니는 무거운 돌들을 나르느라 비에 흠뻑 젖는다. 아버지가 좀 진정하면 좋겠지만 그럴 리 없다는 것을 안다. 우리는 최대한 빠르게 밭에 비닐을 덮어씌워야 한다. 두 눈을 뜨는 것조차 힘들만큼 바람이 거센데다 빗방울은 촘촘하고 굵다. 엄마는 신발한 짝이 벗겨진 줄도 모르고 비닐을 팽팽하게 잡아당긴다. 내두 발은 진흙투성이고 옷도 다 젖어 있다. 언니도 마찬가지다.

"엄마 때문이야, 엄마가 일기예보를 안 봐서!"

언니가 소리지르며 돌로 비닐을 누른다.

"엄만 맨날 드라마만 보잖아!"

빗속에서 내가 외친다. 나는 엄마가 아버지를 알면서도 어떻게 그러는지 이해할 수가 없다.

나는 이 장면을 한발 떨어져서 바라보려고 한다. 비 오는 한밤중에 밭고랑 사이를 절박하게 오가는 세 사람 혹은 네 사람의 몸짓을. 흙탕물이 튀어오르고 발들이 서로 뒤엉킨다. 어딘가에서 배수로가 막혔는지 엄청난 양의 빗물이 토사와 함께 쏟아져 들어온다. 우리가 씌워놓은 비닐이 강풍에 뒤집히고 찢긴 채 미친 듯이 펄럭거린다. 우리는 퍼붓듯 쏟아지는 빗물에 정신을 잃고 우왕좌왕한다. 소리지르는 사람이 있고 원망하는 사람이 있다. 그리고 너무 큰 절망에 압도당해 진흙 같은 침묵 속으로 가라앉아버린 사람도.

　이튿날 아침, 세력이 약해진 듯하던 태풍이 갑자스레 한반도를 매섭게 치고 올라오는 바람에 피해를 본 지역이 많았다는 소식이 뉴스로 들려온다. 언니와 나는 텔레비전 앞에 멍하니 앉아 재난이 휩쓸고 간 풍경을 바라본다. 축사를 탈출한 소 떼가 불어난 강물에 머리만 내밀고 둥둥 떠다니는 모습이 화면에 나온다. 산사태로 무너져내린 집의 구조물과 건물까지 밀고 들어온 흙더미를 삽으로 퍼내는 군인들의 모습도 차례로 지나간다. 지붕이 통째로 뜯겨나간 집들. 부러진 기둥과 전신주들. 뿌리 뽑힌 채 도로 한복판에 뒤집혀 있는 나무들. 마치 거인이 밟고 지나간 흔적처럼 모든 것이 부러지고 망가지고 파손되었다. 강풍에 휘청거리던 젊은 기자가 절망적인 목소리로 소식을 전한다. "이 현장을 보십시오. 복구가 힘들 정도로 완전히 초토화되었습니다." 화면 하단에 실종자와 사망자 수가 자막으로 표시되어 있고 숫자들은 다음날에도, 그다음날에도 계속 갱신된다.

　태풍의 이름은 셀마다. 얼마나 멋진 이름인가. 세상에는 강하고 아름다운 바람의 이름이 있는데, 그것은 바로 셀마다. 사람들에게 절망과 두려움을 남긴 채 스스로 소멸해버리는 것들은 모두 셀마다. 셀마는 모든 돌풍과 비바람을 가리키는 말. 모든 절망과 모든 울부짖음을 향해 돌진하는 바람. 나는 뉴스 화면에 뜬 위성사진을 통해 그것을 본다. 그 자비 없는 소용돌이를.

그러므로 이건, 우리 모두에게 벌어진 일이야.

나는 눅눅해진 이불로 어깨를 감싸며 속으로 중얼거린다.

얼마 지나지 않아 우리는 그 집을 떠났다. 우리는 복구가 어렵다는 말의 의미를 몸소 체감했다. 마음으로, 영혼으로 알았다.

우리만 특별히 불행해서 생긴 일이 아니야.

나는 빗물이 마르면서 생긴 얼룩이 그대로 남아 있는 책가방에 내 짐을 싸면서 언니에게 말했다. 언니는 이상한 사람을 쳐다보듯 나를 보았다. 몇 년 뒤 우리가 살던 그 집은 개 사육장이 되었다.

8

엄마는 그것을 흘러간 옛 노래라고 했다. 과거는 철 지난 유
행가일 뿐이라고.

"어쨌든 잘못된 예보였어. 그래서 피해가 엄청났지."

엄마가 텔레비전 화면을 쳐다보며 말했다. 뉴스에는 엄마
가 지지하지 않는 당의 사람들이 나와서 뭐라고 떠들어대고 있
었다.

"말은 참 번지르르하게 하지."

엄마가 눈살을 찌푸린 채 말해서 나도 화면을 보았다. 나는
어깨를 으쓱했다.

"우리는 모르는 세계가 있대, 엄마."

"뭐?"

"저 사람들이 사는 세계는 따로 있다고. 우리 같은 사람들은 죽어도 이해 못 하는 세계가."

"염병……."

엄마가 손에 쥐고 있던 걸레로 방바닥을 몇 번 훔치더니 시계를 보았다. 우리는 언니를 기다리는 중이었다. 퇴근 후 언니가 회를 포장해온다고 했기 때문이다. 언니는 주말 부부라서 내가 엄마 집에 있던 그 주 내내 우리와 함께 저녁을 먹었다. 다른 식구 없이 우리 셋이서만 모여 밥을 먹는 것은 어린 시절 이후 그때가 처음이었다.

결혼한 뒤에도 언니와 나는 둘 다 각자의 남편과 아이들을 동반하지 않고서는 절대로 그 집에 가지 않았다. 아버지와 우리 사이에 다른 사람이 끼어 있다는 것만으로도 일이 한결 수월했는데, 그렇게 하면 할말이 있어도 아이들이나 남편들을 통해 전달할 수 있었기 때문이다.

한번은 차를 너무 오래 타서 지친 예나가 제 아빠에게 짜증을 내거나 스스럼없이 안기며 칭얼거렸는데, 그 모습을 물끄러미 바라보던 아버지 얼굴이 기억난다. 그때 아버지는 무슨 생각을 했을까? 세상 모든 사람이 당신처럼 행동하지 않는다는 것을 알았을까? 아니면 그저 우리가 딸아이를 너무 버릇없게 키운다고 생각했을까?

어찌 되었건 기훈은 평소 하던 대로 예나의 기분이 풀릴 때까지 작은 목소리로 달래주었다. 어쩌다가 아이의 요구가 지나치다 싶을 때조차도 큰 소리 한 번 내지 않고 그저 안 된다고 말할 뿐이었다. "안 돼, 안 되는 건 안 되는 거야."

처음에 나는 누군가의 부탁이나 요구를 들어주지 않을 때 그저 그렇게만 말해도 된다는 것을 알고 놀랐다. 하지만 이후에는 나도 그렇게 말할 수 있게 되었다. 예나가 자기 전에 아이스크림이 먹고 싶다고 말하면 나는 숨을 깊이 들이마시고 난 뒤에 말했다. "어, 그건 안 돼." 부드럽고 단호한 목소리로. 그러면 예나는 눈물이 그렁그렁 맺힌 채로 나를 쳐다보았는데, 처음에는 흔들렸지만 이제는 속지 않는다. 나는 어떤 것은 허락해도 되고, 어떤 것은 그러면 안 되는지 계속 배워나갔다. 우리는, 우리 불완전한 인간들은 그렇게 끊임없이 누군가의 영향을 받고 사는 법이다. 우리가 완전하지 않은 채로 그럭저럭 삶을 이어나갈 수 있는 이유는 늘 우리 주변 어딘가에 그런 사람들이 있기 때문일 것이다.

영향력.

나는 이 단어를 떠올렸다. 아마도 기훈에게는 그의 부모가 그런 존재였을 것이다. 그들은 자식이 울면 왜 우는지 이유를 묻고 눈물을 닦아주거나 늦게까지 자식이 집에 돌아오지 않으면 문밖을 서성이며 걱정하는 사람들이었다. 자식을 위해 밤낮없이 일하고 기쁜 마음으로 자식들에게 먹일 음식을 준비하는 사람들. 그의 부모는 자식들이 보는 앞에서는 절대 싸우지 않았고 지켜야 할 몇 가지 규칙만 잘 지키면 대체로 아이들을 자유롭게 내버려두었다고 한다. 나는 처음에 잘못 이해했는데, 지금은 그 말이 방임과 다르다는 것을 안다.

많은 아이가 그런 부모 밑에서 자란다는 사실을 알게 된 것이 언제부터였는지는 모른다. 가장 가까운 누군가가 자신을 바라보는 방식으로 아이들이 세상을 바라본다는 사실도.

그러니까 부모를 웃게 해보려고 틀린 가사로 노래를 부르거나 기괴한 표정으로 엉덩이춤을 추던 여자아이가 부모로부터 저리 비키라는 말을 듣거나 얼쩡거리지 좀 말라는 말을 들으면 그 아이의 세상은 축소되거나 확장되는데, 세상의 크기가 그런 식으로 늘어났다가 줄어드는 것이 아이에게 어떤 영향을 미치는지 내가 알았다는 이야기다. 그것은 혼란이다. 불안이고 의심이다. 눈치를 보는 눈과 웅얼거리는 입이다. 끊임없이 자아를 위축되게 하는 일이다. 그러느라 에너지는 고갈되고 만다.

내가 늘 이런 생각을 하고 사는 것은 아니다. 하지만 언젠가 멀쩡하던 가슴이 단단해지면서 몽우리질 때 내가 벌써 암에 걸린 것은 아닌지 무서워하며 공포에 떨었다는 이야기는 하고 싶다. 나는 내 몸에서 일어나는 변화에 어떻게 대응해야 하는지 몰랐다. 중학교 때 친한 친구를 따라 교회 수련회에 가게 되었는데, 거기서 첫 생리를 했다. 바지에 피가 묻은 줄도 모르고 돌아다니는 나를 교회 언니가 데려가 속옷과 생리대를 빌려주었다.

언니는 나와 달랐다. 언니는 어렸을 때부터 멋을 내기 시작했는데, 긴 머리를 자르지 않고 양 갈래로 땋거나 포니테일 스타일로 묶거나 그때 우리가 곱창 머리끈이라고 불렀던 머리 고무줄로 반묶음을 하고 다녔다. 엄마는 우리 옷도 사주지 않아서 나는 늘 입던 옷만 입고 다녔는데, 언니는 어떻게든 새 옷을 구해 입었다. 언니가 중학생이 되었을 무렵에는 엄마한테 돈을 달라고 해서 직접 옷을 사 입은 것도 같았다. 그런 면에서 언니는 좀 집요한 데가 있었다. 엄마가 돈을 안 주면 학교에 가지 않고 버티거나 엄마 뒤를 따라다니면서 하루종일 우는소리를 했다. 그러면 엄마는 하는 수 없이 아버지 지갑에서 몰래 돈을 빼내거나—그것은 위험천만한 짓이었다—그것이 여의치 않으면 이웃집에 돈을 꾸러 갔다. 엄마 좀 그만 괴롭혀라. 내가 잔소리하면 언니는 들은 척도 하지 않았다. 학교에서 언니는 누가 보아도 멋쟁이였고 복도에서 나를 마주치면 모르는 척했다. 언니 친구들도 소문난 멋쟁이였다. 하지만 언니는 우리집에 친구들을 데려온 적이 한 번도 없었다.

언니 옷장에는 지금도 옷이 가득하고 철 지난 옷을 버리지도 않는다. 이제는 나도 옷을 사 입을 수 있고 어쩌면 지나치다 싶을 만큼 많이 사는지도 모른다. 우리는 가끔 서로의 옷장을 열어보고 이런 옷을 대체 누가 입느냐고 말하는데, 그럴 때면 자신의 취향이 무시당한 듯한 생각에 기분 나빠하기도 한다.

드물게 언니와 내가 어렸을 적 이야기를 할 때도 있다. 그럴 때면 나는 우리의 기억이 서로 얼마나 다른지를 깨닫고 놀라는 한편, 똑같은 환경에서 자랐는데도 가끔은 언니가 자신이 원하는 것을 가질 수 있었다는 사실을 떠올린다. 하지만 엄마에 대해서라면 적어도 우리의 의견은 일치한다. 아버지에 대해서는 기대가 없었기 때문에 아예 말할 필요조차 느끼지 못했다.

엄마가 우리를 사랑했는지 어쨌는지는 잘 모르겠다. 엄마는 엄마의 인생을 살았을 뿐이고 엄마가 우리를 버리지 않은 것만도 다행이라고 생각하지만 가끔은 미칠 듯한 감정이 내 안에서 소용돌이칠 때가 있다. 위력은 약해졌으나 아직 소멸되지 않은 태풍이 내 심장 한가운데서 조용히 바람을 일으키는 것 같다. 그럴 때면 이 현장을 보십시오 하고 말하던 젊은 기자의 목소리가 떠오르는데, 그 이유는 나도 모른다.

"그런 일이 어디 한두 번이게."

우리 중 가장 말을 많이 하는 사람은 엄마였다. 엄마는 낮에 방문 요양을 갔던 이야기를 하는 중이었다. 언니와 내가 식탁을 사이에 두고 마주앉아 있었고 엄마가 언니 옆에 앉아 있었

다. 우리는 음식을 따로 그릇에 덜지 않고 포장 용기에 담긴 채
로 그냥 먹었다.

"그 사람들한테 말해, 엄마."

언니 표정이 제법 진지했다.

"뭔 말을 해. 내가 가정부가 아니라고?"

"……."

"그냥 그러려니 해야지."

별일 아니라는 듯 어깨를 으쓱거리는 엄마를 언니와 내가
쳐다보았다.

"그래도 나중엔 기분이 좀 풀렸는지 나한테 이런저런 이야
기를 하다가 울더라."

"울었다고?"

언니와 내가 거의 동시에 소리쳤다.

"그래, 울었어."

엄마가 우리를 번갈아 쳐다보더니 다시 말을 이었다.

"그러더니 갑자기 차인표를 아냐고 묻대."

"텔레비전에 나오는 그 사람?"

언니 목소리가 갑자기 커졌다.

"뭐야, 친척이라도 되나?"

내 말에 엄마가 어깨를 으쓱거렸다. 그리고 나서 뜸을 들이
듯 천천히 회를 집어먹었다. 우리는 잠자코 엄마의 다음 말을
기다렸다.

"친척은 아니지. 아무튼 안다고 그랬어. 그랬더니 그 사람이 밤마다 자기한테 전화해서 서울로 오라고 한대. 집도 있고 차도 있으니까 몸만 오면 된다고. 근데 자기는 절대 가고 싶지 않다면서 나보고 어떻게 하면 좋을지 묻더라."

"정말로 차인표가 그랬다고?"

내가 놀라서 묻자 엄마가 어깨를 으쓱했다.

"그 정도는 양호한 편이다."

엄마 표정을 보고 우리는 그 말이 무슨 의미인지 이해했다.

"근데 왜 하필 차인표야?"

"유명한 사람 중에 이름이 기억나는 사람이 그 사람밖에 없으니까."

우리의 대화는 마구 뒤섞인 채 흘러갔고 어느새 매운탕을 먹을까 말까로 이어졌다. 언니와 엄마가 매운탕은 다음에 먹자고 해서 나는 가스불을 끈 채로 놔두었다. 우리는 식탁을 치우기 시작했다. 그러는 동안에도 엄마는 그 노인 이야기를 계속했다. 엄마 말로는 그 집 아들이 벌써 조치를 취해놓았기 때문에 할머니는 곧 요양병원에 입원하게 될 것이라고 했다.

"결국은 다 그리로 가는 거지."

엄마가 말했고 나는 그제야 그 할머니가 가고 싶지 않다고 말했던 곳이 어디인지 알 것 같았다.

그런 다음 우리는 소파에 앉거나 바닥에 앉아 텔레비전을 켰다. 처음 몇 분간은 말없이 광고만 보고 있다가 엄마가 채널을 돌려서 드라마를 보기 시작했다.

"아이고 벌써 반이나 지났네."

엄마는 아쉬워하며 곧장 빠져들었다. 나는 텔레비전을 잘 보지 않기 때문에 내용은 하나도 몰랐지만 엄마와 언니는 다음에 이어질 내용을 서로 추측하면서 완전히 몰입했다.

드라마는 당신의 삶은 이번 한 번뿐인데 현실이 지옥 같다면 당신은 무엇을 할 수 있느냐고 묻는 듯한 그런 내용이었다. 드라마 속 인물들은 다시 태어나는 쪽을 선택했다. 그런 세계에서는 돌이킬 수 없는 일이란 없을 터였다. 우리의 잘생긴 주인공이 과거로 가서 당신의 운명을 되돌려놓을 것이기 때문이다. 우리는 감정을 이입하고 대리 만족한다. 그게 다였지만 나는 예전에 엄마가 너는 왜 저런 것을 쓰지 않느냐고 나에게 물었던 적이 있었음을 떠올렸다. "저런 건 뭐 아무나 쓰는 줄 알아?" 나는 좀 퉁명스럽게 대답했다. 엄마가 내가 하는 일에 관심을 보인 게 처음이었기 때문에 나는 적잖이 당황했다.

"어떻게 자기를 낳아준 엄마도 몰라봐?"

드라마가 끝날 무렵 엄마는 분노했다. 그러다가 나와 눈이 마주치고는 꿈에서 깨어난 사람처럼 히죽 웃었다. 그 모습을 보고 나는 생각했다. 어떤 사람에게는 밤마다 전화해 서울로 올라오라고 보채는 유명한 남자가 있고 어떤 사람에게는 드라마가 있을 뿐이라고. 그 둘 사이에는 아무런 차이가 없고 삶이 언제나 현실만으로 채워지는 것은 아니라고. 열차 창밖으로 언뜻 보이는 풍경 속에도 누군가의 삶이 있듯 흐릿하게만 느껴지는 우리의 꿈도 삶의 일부일 것이라고.

그날 밤 나는 이해받지 못할 망상과 채울 수 없는 갈망이 우리 삶의 나머지 부분을 채우고 있다는 사실을 정말로 이해했던 것 같다.

그리고 잠결에 어떤 비명소리를 들었는데, 분명 엄마가 내는 소리였다. 놀라서 눈을 뜬 나는 작은 방으로 가서 엄마를 흔들어 깨웠다.

"엄마, 엄마……!"

엄마는 한쪽 팔로 머리 부분을 막은 채 의미 없는 괴성을 질러댔다. 나는 오직 공포를 불러일으키는 그 소리를 멈추게 하려고 계속해서 엄마를 불렀다.

"엄마……?"

이윽고 잠에서 깬 엄마가 천장을 향해 똑바로 누운 채 눈을 느리게 깜박거렸다. 때마침 현관 센서 등이 켜져 엄마 얼굴을 더 잘 볼 수 있게 되었다. 서서히 의식이 돌아왔는지 엄마는 안도하는 표정을 지었다.

"무슨 꿈을 그렇게 꿔?"

마침내 엄마가 내 쪽으로 고개를 돌렸을 때 나는 화난 목소리로 말했다.

"가끔 나도 내 소리에 놀라서 깬다."

엄마가 잠긴 목소리로 히죽 웃으며 말했다. 나는 아무 말도 할 수 없었는데, 별일 아니라는 듯한 엄마의 표정을 보고 엄마가 사주 그린다는 깃을 알았기 때문이다.

"가서 자."

엄마는 그 말만 하고 일어나서 화장실에 갔다. 어쩌면 엄마의 삶이 다시는 되풀이하고 싶지 않은 기억으로 가득차 있을지도 모른다는 생각이 들었다.

드라마가 없었다면 엄마는 그런 기억을 무슨 수로 밀어낼 수 있었을까?

엄마가 그토록 드라마에 몰입할 수 있었던 것은 엄마의 삶이 드라마가 아니기 때문일 것이다. 그것은 현실이었다. 몸으로 통과한 이야기였다. 평범한 일상의 고단함을 뚫고 돌연 터져 나오는 유치한 농담과 경이로운 웃음소리였다.

9

결혼한 뒤 기훈과 나는 지금은 주소도 기억나지 않는 사무
용 오피스텔에 잠시 머문 적이 있었다. 지금은 오피스텔도 아
파트처럼 꾸며진 곳이 많지만 우리가 살던 곳은 소규모 사업
장들이나 개인 사업자들의 업무 공간으로 사용되는 그런 곳이
었다. 결혼한 부부가 아이와 함께 살기에는 적당하지 않았지
만 아파트에 비해 보증금이나 월세가 저렴했다.

태어난 지 여섯 달밖에 되지 않은 예나를 카시트에 태우고
기훈과 함께 오피스텔로 가는 길에 뛰어놀 공원 하나 없이 주
변에 온통 비슷한 회색 건물들만 우뚝 서 있는 모습을 보고 내
가 돌아가자고 했던 것이 기억난다. "여긴 안 돼, 내 딸을 이런

곳에서 키울 순 없어." 나는 말했고 운전대를 잡고 있던 기훈은 아무 말 없이 앞만 똑바로 쳐다보고 있었다. 그래서 나도 내 쪽 창문으로 고개를 돌렸다. 자로 잰 듯 똑같은 크기의 창문들이 달려 있는 오피스 건물들과 관공서 건물들이 안개처럼 뿌연 미세먼지에 둘러싸여 있었다.

차를 주차장에 세운 뒤 우리는 화난 사람들처럼 말없이 엘리베이터를 타고 올라갔다. 15층이었는지, 그보다 높았는지 기억나지 않지만 아무튼 한참을 올라갔다. 중간에 엘리베이터가 멈추고 목에 사원증 같은 것을 걸고 있는 사람들이 우리 사이로 끼어들기 시작했다. 나는 잠든 아이를 품에 안은 채 구석으로 물러났다. 엘리베이터 문이 열릴 때마다 입구 쪽에 서 있던 기훈은 서둘러 닫힘 버튼을 눌렀다.

오피스텔은 비어 있었는데 천장이 아주 높았고 도로 쪽 벽 절반이 커다란 유리창으로 되어 있었다. 문을 열었을 때 느껴지던 후덥지근한 열기 때문에 내 기분은 더 가라앉았다. 나는 신발을 신은 채 안으로 들어갔다. 입구 쪽에 화장실이 하나 있었고 방은 따로 없는 대신 천장 아래 작은 공간이 하나 더 있는 복층 구조였다. 기훈이 화장실의 수압을 체크해보는 동안 나는 거실 창문 앞으로 다가갔다. 건물 아래 널찍한 보도 위로 몇몇 사람이 지나가고 있었고 왕복 4차선 도로 한쪽 차선에만 유독 차들이 즐비했다. 맞은편에 대형 쇼핑몰이 보였는데, 아마 거기로 가는 차들인 것 같았다. 창문을 열자 엄청난 소음이 파도처럼 밀려와 깜짝 놀란 나는 도로 문을 닫았다. 내 품에 안긴 채 잠들어 있던 예나가 몸을 뒤척이더니 갑자기 울기 시작했다. 나는 땀으로 젖은 아이 등을 토닥이며 조용히 말했다. 울지 마. 울지 마, 제발…….

우리는 사람들이 출근하지 않는 주말 아침에 이사했다. 짐은 책상 두 개(하나는 내 것이었다)와 MDF로 만든 5단 책꽂이, 아이보리색 인조가죽 소파와 식탁이 전부였다.

예나가 아직 어렸기 때문에 내가 책상 앞에 앉아 있을 시간은 없었다. 그래도 가끔 예나가 잠든 밤에는 내가 읽었거나 읽고 싶어했던 책들이 꽂혀 있는 책장을 눈으로 훑어보면서 인생이 어찌 흘러갈지 전혀 알 수 없다는 사실에 두려움을 느꼈던 것도 같다. 그 밖의 대부분의 날은 생각이라는 것을 할 겨를조차 없이 지나갔다. 예나가 기어다니기 시작하면서부터는 사방이 위험천만한 곳으로 느껴졌기 때문에 내 신경은 온통 아이한테로만 향했다. 아이는—심지어 잘 때조차도—나라는 존재를 필요로 했고 나는 그 압도적 필요에 응답할 의무가 있는 어른이었다. 나는 예상치 못한 의무감에 사로잡힌 채 겁에 질려 있었고, 그래서 밤마다 인터넷 육아 사이트에 아이의 행동이 정상인지 아닌지를 묻는 글을 올리곤 했다.

사람들이 출근하기 전 이른 아침 시간과 퇴근한 뒤의 저녁 시간 이후에는 우리 말고 건물에 남아 있는 사람은 없는 것 같았다. 그때는 기훈이 뒤늦게 박사 논문을 준비하고 있을 때라 학교 근처 독서실에서 밤을 새울 일이 많았다. 나는 처음에는 반대했지만 예나가 한두 시간 간격으로 깨서 울었기 때문에 나중에는 어쩔 수 없이 받아들였다. 그때는 피곤에 절어 부당함을 느낄 겨를도 없었다. 기훈이 없는 밤이면 근처 대학병원에 소속된 구급차가 텅 빈 도로를 달리며 울리는 사이렌 소리가 유난히 크게 들려왔다. 나는 마음을 졸이며 사이렌 소리가 멀리 사라질 때까지 하얀색 레이스 커튼에 비친 붉은 불빛과 잠든 아이 얼굴을 번갈아 바라보곤 했다. 사이렌 소리는 잦아드는 도시의 비명처럼 긴 여운을 남기며 사라졌고 나는 천장을 보고 누운 채 조용히 눈을 깜박거렸다.

낮에는 집 밖으로 잘 나가지 않았다. 아이 업은 여자를 보면 사람들이 이상하게 볼 것 같았기 때문이다. 그래도 가끔은 칭얼대는 아이를 달래기 위해 문밖으로 나가 기나긴 복도를 서성일 때가 있었는데, 그럴 때면 닫힌 문 뒤 어딘가에 우리처럼 결혼한 부부가 살고 있지는 않은지, 아이 울음소리가 들려오지는 않는지 귀를 곤두세우곤 했다. 내가 그러고 있는 동안 복도에 나란히 붙어 있는 문들이 열린 적은 한 번도 없었고, 그래서 나는 우리가 완전히 잘못된 장소에 놓여 있는 것 같다는 생각을 했다.

시간이 흐른 뒤에는 조금 익숙해진 듯했다. 가끔은 낮에도 예나가 잠든 틈을 타서 슬리퍼를 신고 나가 쓰레기를 버리고 오기도 했고 현관문을 조금 열어둘 때도 있었다. 그래도 여전히 사무실에서 나온 듯한 사람들 무리를 엘리베이터 앞에서 마주치면 갑자기 볼일이 생각났다는 듯 도로 집 안으로 들어가 한참을 문 앞에 서 있다 나가곤 했다.

어느 날 예나를 유아차에 태우고 병원에 다녀오는 길에 복도 중간의 현관문이 살짝 열려 있는 것을 보았다. 나는 일부러 아이를 재우는 척하면서 그쪽으로 천천히 걸어갔다. 도마질 소리와 그릇들이 서로 부딪치는 소리에 섞여 만화 주인공들의 목소리가 들리는 것 같았다. 내 가슴이 뛰기 시작했고 아이가 우는 듯한 소리가 났을 때는 당장이라도 그 안으로 쳐들어가 "여기도 아기가 있어요!" 하고 소리칠 뻔했다.

며칠 뒤 건물 아래층 편의점에서 나처럼 아기띠를 매고 있는 여자를 만났다. 아기는 팔다리가 통통했고 머리숱도 많았다. 나는 이미 볼일을 다 보았는데도 그 여자가 물건을 고를 때까지 기다렸다가 편의점을 나섰다. 누가 먼저라고 할 것도 없이 우리는 상대방의 아기 얼굴을 들여다보고 인사를 건넸다. "이제 막 두 돌이 지났어요." 여자가 말했고 나는 "아" 하고 감탄했다. 나는 "그럼 세 살이겠네요"라고 말하며 여전히 갓난아이 같은 내 딸의 얼굴을 한번 쳐다보았다.

"그래도 누워 있을 때가 편해요. 걷기 시작하면 한시도 눈을 뗄 수가 없거든요. 오늘 아침에도 손가락을 다쳤어요. 잠깐 물

마시러 간 사이에."

여자는 아식도 속이 상한나는 듯 아이 머리통을 한 번 쓰다 듬었다. 예나는 신기한 물건을 쳐다보듯 저보다 덩치가 큰 여자 아기를 빤히 쳐다보다가 내 가슴팍에 얼굴을 묻었다. 우리는 자연스럽게 편의점 앞 벤치에 가서 앉았고 아이 이름으로 상대방을 부르기 시작했다. 세민 엄마. 예나 엄마.

나중에 세민 엄마가 나보다 두 살이 더 많다는 것을 알고 언니라고 부르게 되었는데, 누군가를 그렇게 부르는 것만으로도 내 안의 외로움이 물밀 듯 빠져나가는 듯했다. 언니 남편은 무슨 컴퓨터 프로그램 같은 것을 만드는 사람이라고 했는데, 그 집에 갈 때마다 수십 대의 컴퓨터에서 뿜어져 나오던 열기와 모터 소리 때문에 정신이 하나도 없었다. 두 사람은 아이가 태어나기 전부터 거기 살았고 아직 정식으로 결혼식은 올리지 않은 그런 상태라고 했다.

"그때 들은 게 사실은 진짜였다니……."

언제부터인가 벽 너머에서 아이 울음소리가 들리는 것 같다는 말을 남편에게 자주 했던 세민 언니는 온종일 아이하고만 있다보니 자신에게 환청이 들리는 줄 알았다고 했다.

이후 우리는 종종 편의점 앞에 앉아 이야기를 나누었다. 언니는 걷기 시작한 세민에게 무릎보호대를 해준 뒤 아이가 넘어져도 스스로 일어날 때까지 지켜보기만 했다. 예나는 그때도 예민하고 낯을 많이 가렸기 때문에 유아차에 앉아 있지 않고 자꾸만 안아달라고 보챘다.

"친정이라도 가까우면 좋을 텐데."

우는 아이를 안고 쩔쩔매는 내 모습을 본 언니가 말했다. 나는 웃으면서 "그러게요" 하고 대답했다. 언니는 세민의 뒷모습을 계속 눈으로 좇으면서 어깨를 한 번 으쓱거렸다. 그러고는 나를 돌아보더니 이렇게 말했다.

"우리 엄마는 아무 도움이 안 돼요."

툭 던지듯 내뱉는 말에 나는 아무 말도 할 수 없었다. 그저 우는 예나를 안은 채 언니처럼 세민의 뒷모습을 눈으로 좇을 뿐이었다.

"다들 그렇게 말하잖아요. 애를 낳아보면 부모 마음을 안다고."

언니가 잠시 나를 쳐다보았다. 나는 예나 정수리에 내 턱을 갖다댄 채 어색하게 웃었다.

"나는 더 모르겠던데."

그 말을 하고 난 뒤 언니는 웃었다.

'엄마 없는 여자들.'

그때 내 머릿속에 정확히 그 말이 떠올랐는데, 이 말이 무슨 뜻인지 깊이 이해하는 사람들은 엄마 없는 여자들이다.

한동안은 언니가 바빴기 때문에 우리는 자주 만나지 못했다. 언니는 거의 매일 건너편 쇼핑몰에 가서 시간을 보냈는데,

다른 사람이 나들이를 가듯 그곳에 갔다. 아침에 일어나 예나를 등에 업은 채 통유리로 된 창밖을 내려다보고 있으면 바퀴가 큰 유아차를 밀며 달구어진 아스팔트 위 횡단보도를 씩씩하게 건너가는 언니 모습이 보이기도 했다. 언니에게는 늘 필요한 물건이 있었는데, 어쩌면 그냥 쇼핑 중독이었는지도 모른다.

쇼핑몰에 갈 때가 아니면 언니는 세민을 데리고 친정에 다녀왔다. 갈 때마다 친정엄마에게 줄 그릇들과 화장품들을 잔뜩 챙겨갔다. 직접 담근 김치나 밑반찬을 챙겨갈 때도 있었다.

"가끔 누가 엄마고, 누가 딸인지 모르겠다니까요."

언니는 그 말도 웃으면서 했다.

나중에 기훈이 언니의 남편이 온라인 게임 아이템을 팔아서 돈을 버는 것 같다고 말했을 때 나는 그게 무슨 말이냐고 물었다.

"그런 게 있어. 그래서 그 집에 컴퓨터가 그렇게 많은 거야. 프로그래머는 무슨."

내가 이 이야기를 하는 이유는 우리의 외로움이 얼마나 지독한지 말하고 싶어서다. 나는 그런 감정은 사치라고, 부자들이나 삶이 무료한 사람들이 느끼는 것이라고 여겨왔다. 머릿속에서 끊임없이 '이건 아니야'라는 말이 맴돌거나 삶에 대한 실망감이 슬픔으로 변할 때, 또는 다른 누구에게도 자신의 고통에 대해 말하지 못할 때 사람들이 외로움을 느낀다는 사실을 나는 몰랐다. 외로움 때문에 자신을 기꺼이 비참한 상황에 내던지는 사람도 있다는 것을 이해할 수 있게 된 것은 좀더 나중 일이지만 그때 나는 처음으로 사람들이 왜 외롭다는 말을 하는지 알 것 같았다.

"정들자마자 이별이네…… 가서 잘 살아요."

우리가 그곳을 떠날 때 언니는 작아진 세민의 옷들과 장난감들을 잔뜩 챙겨주면서 쓸쓸하게 웃었다.

가끔, 아주 가끔 등에 아이를 업은 채 물건을 가득 실은 카트를 밀며 조명이 환히 켜진 매장을 혼자 걸어 다니는 언니 얼굴이 떠오를 때가 있다. 사고 싶은 물건을 잔뜩 샀으면서도 전혀 행복해 보이지 않던 얼굴과 엄마 등에 업힌 채 땀을 흠뻑 흘리며 잠든 세민의 순한 얼굴이.

언니의 진짜 이름은 모른다. 언니도 내 이름을 모를 것이다. 그때 우리는 서로를 세민 엄마, 예나 엄마라고 불렀다.

10

어느 날—금요일 저녁이었을 것이다—극장을 나오면서 내가 어릴 때 배가 고파 쓰러진 적이 있다는 말을 기훈에게 한 적이 있었다. 우리가 아직 결혼하기 전이었다. 내가 그 말을 한 이유는 아마도 우리가 본 영화의 내용과 관련이 있었기 때문일 것이다. 나는 그 영화를 만든 사람들 중 누군가는 배고픔이 무엇인지 알고 있다는 생각이 들었다. 아마도 그는 단지 먹지 못해 배가 고픈 것뿐 아니라 아무리 먹어도 항상 배가 고픈 듯한 느낌에 대해서도 알았을 것이다. 나는 그런 말을 누구한테도 해본 적이 없었는데, 그날은 왠지 하고 싶었고 그래서 기훈에게 말했다.

"알지."

기훈이 웃으면서 말했다.

"당신 배고픈 거 잘 못 참잖아."

내가 기훈을 빤히 쳐다보자 그는 곧 내 말이 농담이 아님을 알아챘다.

"진짜로 쓰러졌었어."

내 시선은 정면을 향했고 머릿속에는 벌써 내가 다니던 초등학교 교실 풍경이 떠올랐다.

"반 아이들 모두 내가 쓰러진 걸 봤어."

집으로 돌아가는 차 안에서 나는 계속 그 이야기를 했고 그와 비슷한 다른 이야기도 했다. 그러면서 내가 몇 달째 같은 이야기를 반복하고 있다는 것을 깨달았다. 그 순간 어린 시절 엄마가 우리에게 질리도록 반복해서 들려준 이야기가 떠올랐다. 엄마 이야기의 핵심은 자신이 자라는 동안 부모로부터 무시를 당했다는 것과 외할머니가 자신을 그저 집안 일꾼 정도로 여겼다는 것이었다. 어린 엄마가 기껏 밥을 해놓았더니 쌀이 덜 익었다며 그 밥을 통째로 마당에 쏟아버렸다는 이야기도 했다. "집에 돈이 없는 것도 아니었는데, 왜 나를 학교에도 안 보냈지?" 그럴 때 엄마는 퇴짜 맞은 아이처럼 분노하는 동시에 어리둥절한 표정을 지었다.

좀더 시간이 흐른 뒤에는 엄마 이야기 속 등장인물이 외할머니에서 내 아버지로 바뀌었다. 내용은 비슷했다. 자기는 지지리 복도 없는 여자라는 뭐 그런 이야기였다. 어떤 사람이 한 가지 이야기를 줄곧 반복하며 사는 이유는 아무도 자신의 이야기를 제대로 들어주지 않는다고 느끼기 때문일 것이다. 누군가 나타나서 진심으로 들어주기 전에는 결코 끝나지 않을 그런 이야기를 엄마는 우리한테 반복적으로 들려주었다. 하지만 그때 우리는 어렸고 인생이 무엇인지조차 몰랐다. 더욱이 인생의 어떤 장면들은 낙인처럼 가슴에 새겨진다는 것도 몰랐다. 말하자면 그것은 어린 시절부터 세상이 자신에게 적대적인 곳이라고 여기게 된 사람의 이야기였는데, 나중에서야 나는 그런 경험들이 엄마라는 사람을 구성하는 아주 중요한 일부임을 알게 되었다.

가끔 나는 내가 다른 이야기를 듣고 자랐더라면 어땠을까 하고 생각할 때가 있는데, 그랬다면 아마도 지금과는 다른 방식으로 세상을 바라보았을지도 모른다는 생각이 든다.

하지만 최근에 드는 생각은 그런 가슴 시린 기억이야말로 우리를 우리 자신이게끔 만들어주는지도 모른다는 것이다. 온 세상이 자신에게 적대성을 드러낸다고 믿는 사람들이 이 말을 믿을지는 모르겠지만, 그럼에도 불구하고 나는 이렇게 쓴다. 당신 내면에 박혀 있는 기억이 바로 당신이라고. 그 안에 있는 기억의 무게가 곧 존재의 무게추이며 그것이 중력처럼 우리를 무한한 시공간으로부터 끌어 당겨주는 힘이라고.

그리고 허기에 대해서라면 아직 할말이 남아 있는데, 그날 교실 안에서 쓰러진 나를 데리러 온 사람은 언니가 아니라 언니 친구들이었다는 사실이다. 그때는 초등학교 가을운동회가 지역 축제에 버금갈 정도로 중요했던 시절이었기에 우리는 수업이 끝난 오후에 늦게까지 남아 율동 연습을 했다. 나는 초등학교 2학년이었고 언니는 5학년이었는데, 운동회 연습 기간에는 학교에 있는 시간이 많았기 때문에 도시락을 싸서 갖고 다녀야 했다. 엄마는 어떤 날은 도시락을 준비해주었지만, 어떤 날―대개 부부싸움을 한 다음날이 그랬다―은 싸주지 않아 나는 빈손으로 학교에 가야 했다. 점심때 아이들이 각자의 도시락을 펼쳐놓고 밥을 먹는 동안 나는 책상에 엎드려 잠든 척했다.

그러고 나면 햇볕이 뜨거운 운동장에 나가 여러 가지 동작을 순서에 맞게 익히는 과정을 반복해야 했는데, 나에게는 그 시간이 엄청난 고역이었다. 아직 열 살도 채 되지 않은 아이들이 먼지 자욱한 운동장에 선 채 옆 사람과 똑같이 왼쪽으로 방향을 바꾸거나 오른쪽으로 방향을 바꾸는 것이 뭐 그리 중요했을까? 한 사람씩 음악에 맞추어 몸을 비트는 것이? 선생님들에게는 중요했다. 그들은 쉴새없이 호루라기를 불어대며 우리 동작이 일치하지 않는다고, 앞사람과 뒷사람의 간격이 맞지 않는다고 호통을 쳐댔다. 우리는 오후 내내 잔뜩 주눅이 든 채 전혀 즐겁지 않은 춤을 춰댔다. 내가 쓰러진 이유는 긴장한 채 햇볕에 너무 오랫동안 서 있었기 때문일 것이다. 하지만 누군가 선생님한테 이르듯이 이렇게 말했다. "쟤 도시락 안 싸와서 오늘도 굶었어요!"

우리 반 담임 선생님이 고학년 교실로 아이들을 보내 언니를 데려오라고 시켰던 것 같다. 잠깐 기절해 있었던 나는 사물함이 있는 교실 뒤쪽 마룻바닥에 누운 채로 눈을 떴다. 나도 얼굴을 아는 언니 친구 셋이서 나를 내려다보고 있었다. 선생님이 뭐라고 말했고 그들 중 가장 키가 큰 사람이 나를 업었다. 남은 두 사람은 내 책가방과 신발을 들고 따라왔다.

"여긴가봐."

집 앞 골목에서 언니들이 속삭이는 소리가 들렸다. 나는 희미한 목소리로 맞다고 대답했다.

집에는 아무도 없었다. 언니 친구들이 걱정하더니 우편물을 통해 아버지 사무실 번호를 알아냈다. 그리고 우리집 전화기로 아버지한테 전화한 뒤 상황을 설명했다. 나는 언니들이 쓸데없이 일을 크게 만드는 것 같아서 원망스러웠다.

언니들이 돌아가고 나서 얼마 후에 아버지가 왔다. 동시에 중국집 배달원이 마루 위에 자장면 그릇을 놓고 갔다. 나는 잠든 척했는데, 냄새만으로도 알 수 있었다. 아버지가 나를 바라보고 서 있는 것이 느껴졌다. 아버지는 별말이 없었다. 그냥 문간에 서서 한참 동안 나를 쳐다보다가 다시 집을 나갔다.

그리고 저녁때 언니가 울면서 엄마한테 신경질을 내는 소리가 부엌에서 들려왔다. 언니가 우는 이유는 '쪽팔림' 때문이었다. 그 시절에 그런 표현을 썼는지는 모르겠지만 내 기억에는 언니가 그렇게 말했던 것 같다.

"쟤 때문에 쪽팔려 죽겠다고!"

하지만 그때 나는 아버지가 나를 위해 달려왔다는 사실을 생각하고 있었다. 나를 위해 아버지가 일하다 말고 달려왔고, 화내지 않고 먹을 것을 주문했으며, 문간에서 나를 걱정스레 바라보다 뒤돌아 나간 것을. 나는 약간 어리둥절한 채로 그 상황을 오래 생각했다.

나는 평소에도 밥을 조금밖에 먹지 않았고 걸핏하면 먹은 것을 토하거나 체할 정도로 몸이 허약했지만 그날은 자장면 한 그릇을 다 먹었다.

포만감을 경험하고 난 뒤에 찾아오는 허기가 두려운 이유는 그 만족스러운 상태를 몸이 기억하고 있기 때문일 것이다. 다시는 그런 만족감을 느낄 수 없을까봐 우리 뇌가 미리 두려움이라는 신호를 보내 무언가에 대비하도록 하는 것이다.

11

두어 달 전 숙경씨가 자신의 공방에서 원데이클래스를 여는 것에 대해 좀 회의적이라고 말했을 때 나는 숙경씨처럼 용감해 보이는 사람의 마음속에도 남모를 두려움이 있다는 사실에 놀랐고 그 때문에 그가 좀더 가깝게 느껴졌다. 하지만 나는 숙경씨가 사람들에게 꾸준히 말을 걸기를 바랐고 무언가를 만들어 파는 일을 멈추지 않았으면 싶었다. 애초에 그 제안을 한 것도 나였다. 나는 그에게 예전에 초등학교 방과후교실에서 클레이 수업을 했던 경험이 도움이 될 것이라고도 말했다.

숙경씨가 망설이는 이유는 한 가지였다. 사람을 대하는 일이 점점 어렵게 느껴졌기 때문이다. 그렇게 느끼기 시작한 것은 아프고 나서부터였는데, 실상 그는 아프기 이전에 겪은 일들이 잠복해 있다가 그때 나타난 것이 틀림없다고 확신하는 투로 말했다. 그가 더이상 구체적으로 말하지 않았기 때문에 나도 묻지는 않았지만 그가 자신을 깨진 그릇이라고 표현했던 것이 떠올랐다. 그가 두번째 이혼했을 때 사람들이 그렇게 말했다고 한다.

"그런데 난 그 말들과는 상관없이 살아온 것 같거든요. 사람들이 뭐라든 내 갈 길을 가고 있다고 믿었죠."

그랬는데, 그랬다. 몸이 아프기 시작하자 어딘가에 매복해 있던 그것들이 갑자기 기습적으로 들이닥친 것이었다. 그가 약해질 틈을 기다렸다는 듯이.

"계속 그렇게 믿으면 안 돼요?"

좁은 산책로에 진입하기 전에 내가 말했다. 며칠 전 내린 비로 축축해진 땅을 밟으며 걷던 중이었다. 숙경씨가 놀란 눈으로 나를 보았다. 아마도 내 목소리가 필요 이상으로 컸던 모양이었다.

우리는 잠시 걸음을 멈추고 서로를 물끄러미 쳐다보았다. 앞에서는 커다란 챙모자를 쓰고 토시를 낀 여자가 힘차게 팔을 휘두르며 걸어 내려오고 있었다. 길이 좁았기 때문에 나는 그 사람이 지나갈 수 있게 숙경씨 뒤로 비켜섰다. 그러다가 발을 헛디뎌 휘청였다. 숙경씨가 얼른 내 팔을 붙잡아 나는 넘어지지 않았다. 우리는 가볍게 웃고 나서 다시 걷기 시작했다. 그렇게 햇빛이 딜 드는, 폭이 1미터쯤 되는 좁은 길로 들어섰다.

지렁이를 피하느라 바닥을 살피는 데 온 신경을 집중하는 통에 대화가 자꾸 끊겼다. 아직 다 마르지 않은 흙 때문에 길도 미끄러웠다. 갑자기 숙경씨가 지렁이를 밟을 뻔해 우리는 몸서리치며 뒤로 물러섰다. 반투명해 보이는 갈색 몸통이 엄청나게 굵고 긴 지렁이였다. 지렁이는 꿈틀거리며 좁은 길 한가운데를 가로지르는 중이었다. 자신을 떠받치는 지표면을 온몸으로 밀어내면서 손톱만큼씩 나아갔다. 실은 너무 느려서 앞으로 나아간다는 느낌도 들지 않았다. 머리로 한 뼘을 밀어내면 딱 그만큼 뒤로 밀려나가는 것처럼 꿈틀거렸다. 나는 그 지렁이가 가고자 하는 곳으로 갈 수나 있을까 싶었다.

"눈물겨운 이동이네요."

내 말에 숙경씨가 웃었고 우리는 다시 걷기 시작했다. 걸으면서 숙경씨는 자신이 전남편과 전전 남편을 어떻게 만나게 되었는지 이야기했는데, 두 사람 다 좋은 사람은 아니었던 것 같다고 고백했다. 나쁜 사람은 아니었지만 좋은 사람도 아니었다고.

"매번." 숙경씨가 나를 보고 말했다. "아버지와 정반대되는 사람을 만나려고 노력했는데, 살아보니 그들한테서도 아버지 같은 면모가 있는 거예요."

그가 말을 마치고 나를 보았다. 나는 어떤 표정을 지어야 할지 몰라 애매하게 웃었다.

"바로 그 점에 끌렸던 건지도 몰라요. 나도 모르게."

그러고 나서 숙경씨는 한동안 말이 없었다. 그때 나는 이런 일이 왜 반복되는지 궁금했던 것 같다. 이곳에서 혹은 저곳에서 그리고 어떤 곳에서는.

"어쩌면 핑계일지도 모르고."

숙경씨가 픽 웃으며 말했다. 나는 걸음을 늦추고 그의 옆모습을 물끄러미 쳐다보았다. 나뭇가지 사이로 비쳐 들어온 햇빛이 그의 얼굴을 비추고 있었다. 피부가 투명하다 못해 푸른 실핏줄이 보일 정도였다.

떨쳐버릴 수 없는 영향력. 나는 그 말을 다시 떠올렸는데, 어떤 그림자는 혈액처럼 얇은 피부막 아래를 맴돌면서 끊임없이 우리에게 힘을 행사하고 싶어하는 것 같다고 생각했기 때문이다.

그러고 나서 이어진 대화에서 나는 바로 그 이야기를 했다. 지금이야말로 숙경씨의 능력을 펼칠 기회라고. 숙경씨는 생각해보겠다고만 말했다.

"세상에······."

우리가 산책로를 한 바퀴 돌고 같은 지점에 다시 이르렀을 때 숙경씨가 낮게 탄성을 내질렀다.

"그 지렁이, 갔나봐요."

숙경씨가 놀랍지 않냐는 듯 나를 쳐다보았다. 나는 나무뿌리가 뒤어나와 있는 근처 땅을 살폈다. 지렁이는 보이지 않았다. 결국에는 자신이 가고자 한 곳에 도달한 것이었다. 갑자기 얼굴을 마주본 우리는 큰 소리로 웃었고 그런 우리를 지나가는 사람들이 빤히 쳐다보았다.

며칠 후에 숙경씨가 전화해 공방을 새로 꾸며야겠다고 말했다. 나는 공용 오피스텔의 한 자리를 차지한 채 노트북의 빈 화면만 멍하니 바라보고 있는 중이었다. 그 전화는 나를 막막함에서 꺼내주었다. 무력함으로부터 구원해주었다.

"테이블이 필요할 거예요."

나는 들뜬 목소리로 말했다.

"살 건데, 같이 가줄 수 있어요?"

나는 간다고 대답했다.

"어떤 책에서 읽었는데요."

나는 잊기 전에 이 말을 꼭 해야 한다고 생각했다.

"깨진 그릇에 빛을 담으면 그 빛이 사방으로 퍼진대요."

잠깐의 틈을 두고 숙경씨가 말했다.

"와."

숙경씨는 계속 그 말만 했다.

문제는 시간이 아니다. 반나절이 걸리든, 한나절이 걸리든 혹은 한세월이 걸리든 온몸으로 자기의 길을 더듬어서 나아가는 일에는 시간이 중요치 않다. 어차피 멈추지 않을 거라면 지렁이처럼 배를 밀어서라도 가면 되는 것이다.

12

　사실 나는 그날 숙경씨의 이야기를 듣고 내심 숙경씨가 부럽다고 생각했다. 말하기 부끄러운 이야기지만 정말로 그렇게 생각했다. 어쨌든 숙경씨의 아버지는 진짜 전쟁을 경험했다. 아마도 그것이 숙경씨에게 많은 것을 설명해줄 수 있었을 것이다. 나에게 필요한 것이 바로 그런 이야기였고 열대여섯 살 무렵에 나는 아버지가 어쩌면 베트남전쟁에 참전했을지도 모른다고 혼자 생각했다. 아마도 텔레비전 뉴스에서 그런 이야기를 들었을 것이다. 아니면 전쟁중에 끔찍한 장면을 목격했거나 둘 중 하나일지도 모른다고 생각했다. 한동안 나는 나 자신에게 이해되지도 않고, 설명할 수도 없는 것을 설명해야 한다는 의무감에 사로잡힌 채 이처럼 다소 엉뚱한 생각에 빠져 있었다. 이유는 하나였다. 어떤 일이 내 아버지를 보통 사람과 다른 사람으로 만들어버렸는지 알고 싶어서였다.

반면에 반박할 수 없는 사실로 이루어진 숙경씨의 이야기에는 허구가 끼어들 여지가 없었다. 그의 아버지는 실제로 베트남전쟁에 참전했고 그곳에서의 경험은 그에게 영향을 미쳤다.

"우리 엄마 말이, 그전엔 괜찮았대요. 술도 마시지 않았고."

숙경씨는 아버지를 이해했다. 용서할 수는 없지만 적어도 이해는 한다고 했다.

인생의 많은 일이 인과로 설명되지 않는다는 것을 알면서도 끊임없이 그럴 만한 이유를 찾고 있던 나에게 그 말은 정답처럼 들렸다. 내 인생에 딱 들어맞는 퍼즐 조각 하나를 찾고 있었는데, 그것이 다른 사람의 퍼즐에 끼워져 있다면 어떻게 해야 할까?

사실 나는 이런 말을 누구에게도 할 수 없는데, 그것은 절대로 해서는 안 되는 말이라는 것을 알기 때문이다. 지금 내가 이 이야기를 하는 이유는 내가 숙경씨의 이야기를 듣고 다시금 그런 생각을 떠올렸다는 사실을 잊지 않기 위해서다. 그럼에도 불구하고 나는 내가 예전에 알지 못했고 앞으로도 영원히 알 수 없게 되어버린 한 남자를 잃었는데 그가 누구인지조차 모른다는 사실 때문에 한밤중에도 잠에서 깨 어둠뿐인 허공을 응시할 때가 있다.

그때 나는 어떤 상자 하나를 떠올리는데 그 상자 속에 무엇이 있는지 알 수 없고 어쩌면 아무것도 없을지 모른다. 무언가 있다고 해도 손에 잡히는 것이 아니기 때문에 있는 것인지 없는 것인지도 알 수 없다.

아버지는 나에게 그 상자와 같다.

그리고 그 상자 안에 아버지 인생 전부가 들어 있다.

상자는 몹시 무거울 것이다.

13

　내가 엄마 집에 머물던 마지막 날 저녁에 그 사진을 발견했다. 사진은 거실 소파 옆 3단으로 된 플라스틱 서랍장 안에 들어 있었다. 두통약이나 위장약, 온갖 비타민제와 영양제가 들어 있는 상자 바닥에 구겨진 채로 뒤섞여 있었다. 나는 찾던 물건이 무엇이었는지 잊고 그 사진을 한참 들여다보았다. 사진 속에는 소년과 소년의 동생, 그림자가 있었다.

　부재하기에 실패한 채로 다른 사람의 사진 속에 얼룩처럼 남아 있는 그 그림자는 대체 누구였을까?

　아버지의 아버지, 즉 내 할아버지는 아버지의 동생이 태어나기도 전에 돌아가셨다고 들었다. 그러므로 성인 남자의 것이 분명한 그 그림자는 적어도 내 할아버지는 아니었을 것이다.

어찌 되었든 신원을 알 수 없는 그림자 덕에 아버지는 테두리가 희미해진 흑백사진 속 영원한 소년의 얼굴로 나에게 왔다. 세상에 나온 지 얼마 되지 않았는데도 벌써부터 지쳐 보이는 눈빛으로 돌아왔다. 자신이 누구인지 말할 수 없다는 듯 피사체로 도착했다.

이윽고 나는 고개를 들어 엄마를 보았다. 엄마는 거북목을 한 채 텔레비전을 보고 있었다. 나는 그 사진을 엄마한테 들이밀었다.

"이 사진 본 적 있어? 여기 들어 있던데."

소파에 앉아 있던 엄마가 몸을 틀어 건성으로 사진을 보았다.

"어라." 엄마가 말했다. "이런 게 있는 줄도 몰랐네."

엄마는 건네받은 사진을 멀찌감치 들고 눈을 가느다랗게 떴다.

"어릴 때." 엄마가 나에게 사진을 건네주며 말했다. "그렇게 동생을 업고 다녔다는 얘긴 한 적이 있어."

"누가, 아버지가?"

"그래. 너희 아버지가 누굴 업고 다닐 사람이라고는 상상이 안 되는데, 아무튼 그랬대. 근데 여기 그 증거가 있네."

엄마는 더이상 관심 없다는 듯 텔레비전의 볼륨을 좀더 키웠다. 그러다가 갑자기 생각났다는 듯 사진을 도로 가져갔다.

"그니까 이게 서울 사는 너희 작은아버지구나. 어릴 때 하도 울어서 미쳐버릴 것 같았다다더니. 오죽하면 자기한테 젖이 있었으면 좋겠다고 생각했다더라."

엄마가 숨을 몰아쉰 뒤에 덧붙였다.

"그랬으면 그걸 먹일 수 있었겠지. 배가 고파서 울었을 테니까."

그 말을 듣고 나는 내가 어릴 때 왜 절대로 울면 안 되었는지 그 이유를 알 것 같았다.

"할머니는 어디 계셨는데?"

내가 물었다.

"몰라. 집에 계실 때가 거의 없었대."

엄마는 잠시 생각에 잠긴 듯하더니 다시 입을 열었다.

"아마 일하러 다니느라 그랬겠지. 하여튼 똥구멍이 찢어지게 가난했대. 그런데도 자식은 넷이나 됐으니까."

"봐, 여기 사진에 비친 그림자 있지. 이 사람은 누구였을까?"

나는 사진을 도로 엄마 눈앞에 가져다 대며 추궁하듯 물었다. 엄마가 반사적으로 상체를 뒤로 뻗대며 눈을 가느스름하게 떴다. 이내 성가시다는 듯 눈앞에서 내 손을 밀어냈다.

"내가 어떻게 알아. 너도 참 별걸 다 궁금해하네."

엄마는 더는 관심을 두지 않고 습관적으로 리모컨의 볼륨 버튼을 눌렀다.

"엄마." 내가 말했다. "소리가 너무 커."

엄마는 나를 쳐다보지도 않고 볼륨을 낮추었다.

　나는 그 사진을 가족 앨범이 든 사진첩에 끼워두기로 했다. 앨범은 안방 장롱 위에 올려져 있었는데, 그것을 꺼내느라 의자를 딛고 올라가야 했다. 앨범을 꺼낸 뒤에는 마른 수건에 물을 묻혀 더께처럼 내려앉은 앨범의 먼지를 꼼꼼하게 닦아냈다. 그리고 어린 시절에 몇 번 본 적 있지만 이후로는 한 번도 들추어보지 않았던 앨범을 펼쳤다. 두툼한 녹색 커버로 싸여 있는 접착식 앨범에는 엄마의 결혼 전 사진 몇 장과 군복을 입은 아버지의 군대 시절 사진(병장 마크가 달려 있었다), 그리고 어릴 때 언니와 내가 함께 찍은 사진 몇 장이 전부였다. 부모님의 결혼식 사진도 있었는데, 나는 서로 모르는 사람들인 양 어색하게 서 있는 두 사람의 얼굴에서 결혼생활에 대한 일말의 희망이나 기대가 있는지 찾아보려고 사진을 오랫동안 들여다보았다. 두 사람 모두 누군가에게 억지로 떠밀려 나온 사람들처럼 굳은 표정으로 뻣뻣하게 서 있었다. 사진 속 엄마는 과하게 화장한 모습이 어색해 보였는데, 아마도 얼굴의 얽은 자국을 감추기 위해 파운데이션을 여러 번 덧칠한 듯했다. 키가 크고 훤칠한 미남인 아버지에 비해 엄마는 키가 작고 인상이 투박해 보였는데, 그 선명한 대비가 평생의 불협화음을 예고하는 듯했다. 결혼식 사진 말고 두 사람이 함께 찍은 사진은 없었다. 내 부모는 각자의 10대와 20대 시절의 사진을 한 앨범에 모아두기는 했지만 진정으로 삶을 함께해 본 적은 없는 그런 사람들 같았다.

나는 계속해서 그날 아침에 도착한 새 침대 위에 걸터앉아 부모님의 젊었을 적 모습이 담긴 사진을 천천히 보았다. 그들에게도 한때는 인생이 희망으로 가득찼던 그런 시절이 있었으리라는 생각이 들었는데, 어쩌면 삶이란 젊은 시절의 순진한 희망만으로는 살아갈 수 없다는 사실을 끊임없이 확인해가는 과정이 아닌가 싶었다. 앨범을 끝까지 다 보았지만 우리 가족 모두가 함께 모여 있는 사진은 없었다. 그러다가 기찻길을 배경으로 나란히 어깨동무하고 서 있는 언니와 내 사진을 발견하고는 혼자 소리 내어 웃었다. 그 사진을 찍을 때 언니가 혀를 내밀었다가 아버지한테 혼났던 기억이 났기 때문이다.

그날 어딘가에서 카메라를 빌려온 아버지가 갑자기 집에 있는 우리를 불러냈다. 아버지는 우리를 기찻길 위에 세워놓고 카메라를 쳐다보라고 말했다. 무지개색 체크무늬 티셔츠에 흰색 멜빵바지를 입은 나와 양 갈래로 땋은 머리를 여러 가지 색깔의 고무줄로 소시지처럼 묶은 언니가 나란히 섰는데, 아버지를 정면으로 마주보는 일이 흔하지 않았던 터라 우리는 무척 어색해했다. 어쩔 줄 몰라 하는 내 표정이 사진에 고스란히 담겨 있었다. 제 딴에는 무언가 독특한 포즈를 취하려고 그랬는지 언니가 혀를 쑥 내밀자 아버지가 당장 집어넣으라고 소리쳤다. 무안해진 언니가 잠시 망설이더니 한쪽 팔을 슬그머니 내 어깨 위로 올렸다. 그와 동시에 찰칵 하는 소리가 들렸다. 언니는 일그러신 표정을 시은 채 내 쪽으로 몸을 실쩍 기울였고 나는 경직된 차렷 자세로 정면을 향해 서 있었다. 나중에 아버지가 인화한 사진을 바닥에 툭 던지듯 주었을 때 언니는 쳐다보려고도 하지 않았다. 하지만 지금 드는 생각은 사진이 우리의 감정까지 인화하지 못했다는 사실이다. 우리의 복잡했던 감정은 카메라에 포착되지 못한 채 시간의 대기 속으로 사라져버렸다.

눈이 피로해진 나는 앨범을 덮고 침대에 누웠다. 그리고 새 매트리스가 너무 딱딱하지 않은지 이리저리 굴러보았다. 전날 엄마와 함께 마트에서 사온 시어서커 원단의 여름 이불이 까슬까슬하니 맨살에 닿았다. 나는 이불을 배꼽 아래까지만 끌어올렸다. 그 상태로 가슴에 손을 얹고 천장을 바라보았다. 그리고 어릴 때처럼 벽지에 새겨진 무늬를 계속해서 쳐다보았다. 어릴 때 나는 몸이 허약해 학교에 가지 못하는 날이 많았는데, 그럴 때면 아무도 없는 방 안에 누워 벽지만 뚫어져라 쳐다보았다. 누렇게 변색된 벽지에는 작은 마름모꼴의 무늬가 연달아 이어져 있었는데, 끝나지 않을 듯한 패턴을 따라가다보면 방 모퉁이에 벽돌처럼 쌓아 올려진 책더미가 보였다. 지금도 기억나는 책은 벽돌 세 개를 합해놓은 것보다 두꺼운 노란색 표지의 책이었는데 책등 아래쪽에 "책임 감수 김갑수"라고 적혀 있었다. 나는 뜻도 모른 채 그것을 반복해서 읽었다. 나중에야 내가 읽은 글자가 김갑수라는 사람이 책임을 감수하겠다는 뜻이었으며 그 책이 백과사전임을 알았다. 그 사전 덕분에 책임이라는 말의 무게를 물리적으로 이해할 수 있었던 것 같다. 아무튼 그때는 하루가 엄청나게 길게 느껴졌고 나는 그 늘어난 시간을 어떻게 보내야 할지 몰라 그런 식으로 뜻 모를 글자를 읊어대거나 몸 여기저기를 긁어댔다.

한번은 내가 그 당시 볼거리라고 부르던 유행성이하선염에 걸린 적이 있었다. 전날 저녁부터 열이 오르고 귀밑이 화끈거렸지만 엄마는 내가 아픈 줄도 몰랐던 것 같다. 다음날 학교에 갔을 때 내 상태를 본 선생님이 당황해 나를 도로 집으로 돌려보냈다. 선생님은 일주일 동안 학교에 나오지 말라는 당부의 말을 적은 무슨 쪽지 같은 것을 내 책가방에 넣어주었다. 그제야 나는 내가 정말로 아프다는 것을 알았고 그 사실을 알게 되자 왠지 뿌듯했다. 그리고 내 마음속에는 어떤 기대로 가득찼다. 하지만 내가 집으로 돌아갔을 때 엄마는 없었다. 그 사실이 늘 나를 불안하게 했다. 엄마 옆에 있을 때조차도 엄마가 내 곁에 있다는 느낌이 들지 않았다. 그러면서도 엄마가 눈앞에 보이지 않으면 엄마를 영영 못 볼지도 모른다는 불안감이 내 어린 시절을 잠식했다.

하지만 그날은 온 집안을 들쑤시며 엄마를 찾으러 다니지 않았다. 너무 기운이 없었기 때문에 엄마가 집 안 어딘가에 있다고 해도 엄마를 부를 힘이 없었다. 나는 방에 가서 쓰러지듯 누웠고 그 상태 그대로 잠이 들어버렸다. 몇 번인가 잠에서 깨기도 했지만 숨 막힐 정도로 고요한 그 느낌이 싫어 도로 눈을 감았다. 내가 완전히 잠에서 깼을 때는 엄마가 걱정스레 나를 보고 있기를 바랐다. 그때 내 잠은 절반의 서러움과 절반의 두려움으로 이루어져 있었다.

사실 이 이야기는 터널에 대한 것이다. 하지만 그 전에 먼저 말해두어야 할 것이 있는데, 자고 일어나니 내 한쪽 뺨이 혹처럼 퉁퉁 부어 있었다는 사실이다. 나는 손으로 부은 뺨을 만져보고 정말로 놀랐다. 뜨겁고 단단한 것이 얼굴에 붙어 있다는 사실에 겁을 먹었다. 그제야 나는 울먹이며 주위를 둘러보았다. 몇 시간이나 잠을 잤는데도 밖은 아직 한낮인 듯했다. 내 방 창으로 들어온 햇볕이 바닥을 뜨겁게 달구었다.

갑자기 마당에서 시끄러운 소리가 나기 시작했고 엄마 목소리가 들렸다. 나는 울컥하는 마음에 문을 반쯤 열었다가 도로 닫았다. 나는 꿈쩍도 하지 않았다. 나는 한마디도 하지 않았다. 아무 소리도 내지 않고 아버지가 엄마의 목을 조르고 있는 모습을 보기만 했다. 버둥거리던 엄마가 아버지의 손아귀에서 벗어났다. 아버지는 엄마의 가슴팍과 어깨 사이 어딘가를 주먹으로 때렸다. 분노로 달아오른 아버지 얼굴은 시뻘겠고 두 주먹은 꽉 쥐고 있었다. 엄마는 악을 쓰면서 아버지한테 달려

들었다. 아버지에게 물리적인 힘이 있다면 엄마에게는 잔인한 혀가 있었다.

고백하자면 나는 엄마한테도 다른 사람의 성질을 돋우는 면이 있다고 생각했다. 엄마가 아버지 비위를 맞춰주거나 좀 조용히 했으면 좋겠다고 생각할 때도 있었다. 그런 생각을 한 이후에는 늘 죄책감이 들었다. 누가 더 나쁜지는 나에게 중요하지 않았다. 나는 그저 싸움이 멈추기를 바랐고 그 일을 할 수 있는 사람은 엄마라고 생각했다. 내 생각에 아버지는 통제할 수 없는 부류에 속하는 사람이었다.

어찌 되었든 그날 두 사람은 물러설 줄 몰랐다. 아버지가 엄마를 죽이기 전에 내가 나서야 한다는 생각이 들었지만 꼼짝도 할 수 없었다. 그저 조용히 문고리를 붙잡은 채 속으로만 외쳤다. '하지 마. 하지 마.'

그때 나는 겁에 질려 있었다. 사람이 겁에 질리면 아무 생각도 할 수 없게 되는데, 그런 순간에 하는 선택이야말로 자신이 누구인지를 말해주는 것 같다.

나는 토할 것 같았다. 그래서 도망쳤다. 두 사람 사이에 끼어들어 울음으로 엄마를 구할 수도 있었지만 그러지 않았다. 내가 어떻게 그 방을 빠져나왔는지는 알 수 없었다. 그런 세세한 것까지는 기억나지 않지만 내가 슬리퍼를 끌고 타르 냄새가 나는 철길 옆을 걷고 있던 것은 생각난다. 푹푹 찌는 여름 한낮이었다. 뜨겁게 달구어진 레일 위로 아지랑이가 피어올랐다. 먼 곳의 풍경이 아물거리며 흔들리고 있었다. 침목과 침목 사이를 채운 자갈을 밟으면 돌이 구르는 소리와 함께 발바닥이 아팠다. 검게 녹아 흘러내린 타르가 신발 바닥에 끈적하게 들러붙었다.

한 번인가 두 번 기차가 지나갈 때 그 엄청난 속도가 일으키는 바람이 내 옷과 머리카락을 휘날렸다. 철로에서 내려와 잠시 비켜서 있던 나는 입을 멍하니 벌린 채 빠르게 지나가는 열차 칸의 사람들을 보았다. 기차는 터널을 향해 맹렬하게 달렸고 나는 깜깜한 터널 속으로 기차의 마지막 칸이 사라지는 모습을 오랫동안 바라보고 선 채 내가 무언가로부터 도망쳤다는 사실을 깨달았다. 그 순간 부어오른 턱밑 침샘이 욱신거리기 시작했다.

터져버렸으면. 아프지만 말고 터져버렸으면. 나는 눈이 붉게 충혈된 채 계속 걸었다. 터질 수 없다면…… 사라져버릴 것이다. 나는 생각했다. 어둠뿐인 터널의 블랙홀 속으로 빨려들어가 끝내 무의미해질 것이다. 세상 어디에도 사랑이 없다면 차라리 그게 나을지도 모른다고 생각했다.

귀밑에서 시작된 통증이 얼굴 전체로 퍼지기 시작했다. 통증이 심해질수록 내 몸은 중력에서 벗어난 듯 현실감이 사라졌다. 그저 피곤하다는 생각만 들었다. 그 엄청난 피로감은 그때까지 살면서 느껴본 것 중 최고로 강력했다. 아마도 그것은 무력한 내 유년 시절에 대한 피로였는지도 몰랐다.

나는 계속해서 어둠의 입구를 향해 끈질기게 걸었다. 하지만 막상 터널 안으로 들어섰을 때 소름이 돋을 정도로 서늘한 느낌에 깜짝 놀랐다. 나는 팔짱 낀 두 팔을 가슴 앞쪽에 대고 몸을 으슬으슬 떨었다. 자세히 보니 어둠뿐인 줄 알았던 터널에도 빛이 스며들고 있었고 침목과 침목 사이의 자갈 사이를 뚫고 자란 풀들이 뒤엉켜 있었다. 그 모습을 보고 터질 듯 차오르던 내 슬픔의 열기가 허무할 정도로 쉽게 사그라들었다. 나는 약간 의아해하면서 동굴처럼 휘어진 터널 벽을 따라 계속 앞으로 나아갔다. 이왕 여기까지 왔으니 터널 저편에 무엇이 있는지 확인해보고 싶다는 생각이 들었다. 계속 걷다보니 터널 끝에 확 트인 공간이 나타났다. 내 시선은 먼 데까지 향했다. 그리고 나는 보았다. 한없이 길게 이어져 있을 뿐인 두 개의 빛나는 레일을.

내가 본 것들.

아득하게 펼쳐져 있는 들판과 새를 쫓기 위해 누군가 쳐놓은 반짝이 줄과 옅은 바람에 물결처럼 흔들리던 벼 이삭들과 자꾸만 높아지는 듯한 하늘을 보았고 그것은 나에게 무한하다는 느낌을 주었다. 세상은 끝이 없고 길은 한없이 이어져 있구나라고 생각하자 덜컥 겁이 났다. 내가 살고 있는 이 세상이 무한히 넓다는 깨달음에서 오는 공포에 식은땀이 났다. 그것은 나에게 세계라기보다는 우주였다. 고작 열한 살인데다 작고 삐삐 마른 나는 이 우주적 공간의 먼지조차 되지 못할 것 같았다. 내가 사라진다고 해도 세계는 감쪽같을 터였다. 아무 일도 일어나지 않을 것이었다. 순간 바람이 불었고 나는 약간의 현기증을 느꼈다. 논에 쳐놓은 반짝이 줄이 바람에 흔들리면서 빛을 반사하는 바람에 내 눈은 한꺼번에 빛의 공격을 받았다. 나는 새처럼 화들짝 놀라며 눈을 질끈 감았다가 떴다. 여러 가지 색이 뒤섞인 반짝이 줄은 끝없이 햇볕을 튕겨내며 흔들렸다. 강철로 된 두 줄의 은빛 선로만이 햇볕을 고스란히 받아 이글거렸다. 나는 황급히 뒤돌아선 채 오래 참았던 눈물을 터뜨렸다. 울면서 왔던 길을 뒤돌아 다시 걷기 시작했다. 그때는 거기까지가 내가 갈 수 있는 가장 먼 곳이었다.

집에 도착했을 때는 초저녁이었고 마당은 고요했다. 조심스레 기척을 살피며 마당 수돗가를 지나 문이 훤히 열려 있는 부엌으로 갔다. 엄마는 한여름의 시든 풀처럼 앉아 있었다. 쌀을 씻느라 좁은 싱크대 앞에 선 채 나를 쳐다보지도 않았다. 어쨌든 엄마의 존재가 나에게 현실감을 되찾게 해주었다. 냉장고 문을 열고 유리로 된 물병에 담긴 보리차를 꺼내 마신 뒤 조용히 식탁 의자에 앉았다. 거기 앉아서 계속 엄마 등을 뚫어져라 쳐다보았다. 엄마는 내가 거기 있는 줄도 모르는 것 같았다. 나는 또 훌쩍거리기 시작했다. 내가 울자 엄마가 고개를 홱 돌리고 쓰읍 하는 소리를 냈다. 내가 그치지 않자 엄마가 말했다. "조용히 안 해? 동네 창피하게……." 나는 배신감에 치를 떨면서 티셔츠 끝자락으로 내 눈물을 직접 닦았다.

분투하는 기억들.

나는 그날 있었던 일을 터널에 대한 이야기로 기억한다. 먼 들판에서 한꺼번에 솟구쳐오르던 새떼들의 이야기로, 찬란하게 튕겨나가던 햇살에 대한 이야기로 기억한다. 타르 냄새와 반짝이 줄, 귀밑까지 퉁퉁 부어올랐던 침샘에 대한 이야기로 기억한다.

기억한다는 것은 우리의 감정이 대기 속으로 흩어지지 않게 무한한 허공 속으로 시간의 그물망을 던지는 일이 아닐까.

그후 얼마 뒤―아버지의 49재를 지내기 위해 내가 다시 엄마 집에 내려갔을 때였다―셋이서 차를 타고 가다가 우연히 그때 이야기를 꺼낸 적이 있었다. 아마도 추모공원에 가는 길이었거나 되돌아오는 길이었을 것이다. 언니와 내가 말을 함부로 해서 엄마는 조금 삐져 있었다.

언니와 나는 엄마가 우리를 데리고 도망을 갔더라면 우리 삶이 훨씬 나았을지도 모른다고 엄마에게 말했다. 엄마는 묵묵히 듣고만 있었다. 우리가 뭐라고 하든 계속 차창만 바라보면서 갔다. 그러다가 갑자기 창문을 조금 내리고는 밖에다 대고 말하는 것처럼 중얼거렸다.

"다 지난 일이야."

14

    기훈의 부모님이 살고 있는 D시의 한 국도 변에는 실종된 아이를 찾는다는 똑같은 내용의 현수막이 몇 년째 걸려 있었다. 기훈과 나는 차를 타고 근처를 지날 때마다 매번 비슷해 보이는 현수막을 보았는데, 어느 해인가는 새로 만들어 걸어둔 것처럼 깨끗해 보였다. 기훈의 말로는 P시에 그 현수막이 걸린 지 10년도 넘었다고 했다.

    아이를 잃어버린 부모는 생계를 접은 뒤 트럭을 몰고 전국의 역 근처를 돌며 아이의 얼굴 사진과 이름이 박힌 전단지를 돌리거나 고속도로, 국도 변에 현수막을 내건다고 했다. 실종 당시 아이의 나이는 열여섯 살이었고 집으로 돌아오는 버스에서 내린 뒤 사라져버렸는데, 이 이야기는 사실 꽤나 유명한 사건이었다. 텔레비전 프로그램에서 10년째 잃어버린 자식을 찾아다니는 부모의 이야기를 방영한 적이 있었기 때문이다. 기훈과 나도 그 프로그램을 보았다. 그리고 우리가 지나친 적 있는 국도 변의 그 현수막을 건 사람이 방송에 나와서 하는 이야기도 들었다. 그는 어느 허름한 주택가의 반지하 방에 살고 있었는데, 나는 인터뷰를 하는 내내 그가 몹시 늙고 지쳐 보인다고 생각했다. 방 안에 눈에 띄는 살림살이는 보이지 않았고 개킨 이불만 덩그러니 한쪽에 놓여 있었다. 그 옆에는 인쇄된 종이가 든 상자 수십 개와 뜯긴 현수막이 담긴 파란색 비닐봉지가 있었다. 그는 자신이 현수막을 걸어둔 위치를 기억해두었다가 꼭 한 번 찾아간다고 했다.

"너무 오래된 건 주기적으로 바꿔줘야 하거든요."

그가 말했다.

"누군가가 낙서를 해놓거나 찢어놓을 때도 있는데, 그런 걸 보면 마음이 좀 안 좋죠."

인터뷰를 담당한 기자가 전단지가 든 상자를 가리키며 조심스레 물었다.

"전단지가 많은데, 다 돌리려면 힘들지 않으세요?"

아이를 잃은 남자가 깊은숨을 내쉬었다. 그의 눈동자가 좀 탁해 보였는데, 건강이 좋지 않은 것 같았다.

"그래도 포기할 수 없잖아요. 제가 살아 있는 한⋯⋯."

참았던 숨을 내쉴 때마다 그의 왜소한 몸이 점점 더 줄어드는 것 같았다.

"한번은 하도 답답해서 무당을 찾아갔어요. 그 사람이 하는 말이, 아이가 꿈에 보이냐는 거야."

그는 말을 멈추고 기자를 빤히 쳐다보았다. 기자는 인내심을 갖고 기다렸다.

"그래서 말했죠. 꿈에서라도 한 번 보고 싶은데, 한 번도 안 나타난다고⋯⋯."

이번에 그는 카메라를 빤히 응시했다. 오랜 고통으로 텅 빈 것 같은 눈동자가 화면 밖에 있을 누군가를 바라보는 듯했다.

"아이가⋯⋯ 살아 있대요."

아주 천천히 그가 말했다.

"무당이 그렇게 말했어요. 그러면 살아 있다고. 죽었으면 꿈에 나타날 텐데, 살아 있으니까 꿈에 안 보이는 거라고. 그 말을 듣고 내가 참⋯⋯ 내가 참⋯⋯."

한참 말을 잇지 못하는 그의 얼굴을 카메라가 담았다. 그는 한동안 고개 숙인 채 그 말만 반복했다. 이어 그는 감정을 추스른 뒤 다시 말을 이었다.

"나도 모르게 막⋯⋯ 눈물이 나더라고요. 애가 그래도 어딘가에 살아는 있다잖아. 한 번도 그 사실을 의심해본 적은 없었지만 다른 사람한테 그 말을 들은 건 처음이었어요. 모두가 죽었을 거라고 했거든요. 그러니 그만 포기하라고⋯⋯."

그는 부르튼 입술을 다시 천천히 다물었다. 그리고 어느 추운 겨울날 낯선 도시의 역 앞에서 사람들에게 아이의 얼굴과 이름이 인쇄된 종이를 나누어주는 그의 모습을 마지막으로 다큐멘터리가 끝났다.

이후 그 국도 변을 지날 때마다 나는 그 남자를 떠올렸다. 그 남자의 부르튼 입술과 양쪽 뺨에 세로로 길게 파인 주름과 카메라를 빤히 응시하던 탁한 두 눈동자를.

그리고 또 수년이 흐른 뒤(사실 나는 그 이야기를 벌써 잊고 있었다!) 그의 이야기가 또다시 방송에 나왔다. 나는 보지 못했고 기훈이 새로 개업한 후배의 식당을 방문했다가 우연히 그 방송을 본 이야기를 했다. 늦은 주말 저녁이었고 예나의 열세번째 생일을 맞아 패밀리 레스토랑에서 식사하는 중이었다. 그날 그곳에 있던 모든 사람의 휴대전화에서 일제히 재난경보 발령 알림음이 울렸다. 사람들이 거의 동시에 휴대전화를 보았다. 나와 기훈도 메시지를 확인했다. 인근 지역을 배회중인 80세 남자를 찾고 있다는 실종 경보 메시지였다. 남색 재킷에 남색 바지를 입었고, 안경을 썼으며, 키가 172센티미터인 노인이 어쩌다가 길을 잃었을까.

"아마도 알츠하이머병일 거야."

나는 기훈의 말이 맞는다고 생각했다. 내 시선이 "배회중"이라는 문구에 오래 머물자 기훈이 그 말을 꺼냈다..

"아이를 찾았대?"

내가 휴대전화를 내려놓으며 묻자 기훈이 고개를 저었다.

"아니."

그러는 중에 예나가 친구와 통화하고 있었는데, 나는 그 행동이 몹시 거슬렸다. 그 무렵 예나는 손에서 휴대전화를 놓는 법이 없었다. 친구와 통화할 때면 몸무게가 어떻다느니, 걔 머리색이 어떻다느니 하는 이야기만 했다. 기훈이 그런 예나를 힐끔 보더니 계속 말했다.

"노인이 다 되었더라고. 무슨 바이러스에 감염되어서 죽을 뻔한 적도 있었대."

그러면서 그가 아이를 찾아다닌 햇수가 벌써 20년이 넘었더라고 말했다. 나는 놀라서 고개를 흔들었다.

"말도 안 돼. 20년이라니."

통화를 마친 예나가 갑자기 벌떡 일어나더니 잠깐 나갔다가 오겠다고 말했다.

"어딜?"

나도 모르게 목소리가 높아졌다.

"앞에 잠깐. 엄마가 사도 된다고 했잖아."

그제야 나는 식당에 오기 전 내가 한 말을 취소하고 싶어졌다. 내 시선은 음식이 절반 가까이 남아 있는 예나의 접시로 향했다. 그 모습을 본 예나가 짜증스레 말했다.

"더이상 못 먹겠다고."

나는 할 수 없이 말했다.

"그래, 알겠는데. 너무 튀는 건 안 돼. 그리고 학교에 갈 때는 떼기로 약속했다."

나는 내키지 않는 투로 말했다. 그 말이 끝나자마자 예나는 바람처럼 사라졌다. 기훈이 눈을 둥그렇게 뜨자 내가 말했다.

"그런 게 있어. 큐빅 같은 건데, 손톱에 붙이는 거야."

기훈이 알 것 같은 표정으로 어깨를 으쓱했다.

"아무튼 그 남자…… 정말 안됐어. 아마 우리가 상상도 못할 정도로 괴롭겠지."

기훈이 이야기를 마치려는 듯 말했고 나는 예나가 지나가는 것을 보려고 바깥 창문을 쳐다보았다. 예나 대신 저녁의 상가 거리를 걷고 있는 사람들만 보였다. 남색 재킷을 입은 안경 쓴 노인은 보이지 않았다. 기훈이 아르바이트생을 향해 물을 좀 갖다달라고 말하는 소리가 들렸고 나는 여전히 시선을 바깥에 두고 있었다. 붉은 기가 사라진 하늘 아래 어둠이 내려앉고 있었다. 사람들은 어딘가를 향해 계속 걸어갔다. 한순간 나는 그 이야기에 우리의 삶을 넘어서는 무언가가 있을지도 모른다고 생각했다. 그게 뭔지는 모르겠지만 평범한 사람들은 절대 모를 심오한 무언가가 있고 그것이 바이러스에 감염된 그 남자를 다시 살아나게 했을 것이라는 생각이 들었다. 내가 그런 생각을 하는 동안 밖은 완전히 어두워졌고 사람들의 발걸음도 빨라진 듯했다. 나는 기훈에게 예나를 찾으러 가자고 말한 뒤 자리에서 일어섰다.

15

그 시절, 그러니까 내가 초등학교에 입학하기 전에는 시내에 있는 극장에서 1년에 한두 번 반공 애니메이션을 상영하기도 했다. 다른 도시에서는 오래전에 극장에서 내린 영화였지만 그마저도 어린이날이나 추석 같은 명절에만 볼 수 있었던 탓에 우리 지역에서는 꽤 인기가 좋았다. 그런 날에도 부모님은 집에 안 계실 때가 많았기 때문에 언니와 나는 하루종일 집에 있으면서 텔레비전 방송국에서 특별 편성한 오락 프로그램이나 만화영화를 보면서 시간을 보냈다. 그러다 한번은 아버지가 우리를 시내로 불러내 극장에 데려간 적이 있었다. 나는 가고 싶은 마음과 가고 싶지 않은 마음이 반반이었지만 마음

한편에는 다른 아이들처럼 무언가 특별한 경험을 하게 될지도 모른다는 막연한 기대감이 있었던 것도 사실이었다.

그렇더라도 우리는 시내에서 아버지를 만나야 한다는 사실 때문에 엄청난 부담감을 안고 나갔다. 우리는 버스를 타지 않고 걸어갔다. 시간이 걸리기는 했지만 충분히 걸어갈 수 있는 거리였다. 극장 앞은 표를 사기 위한 대기 줄이 길었고 이미 표를 구매한 사람들은 입구 근처를 맴돌면서 대형 포스터 앞에서 사진을 찍거나 아이스크림을 먹으며 시간을 보내고 있었다. 웃고 즐거워하는 사람들을 보니 내 마음도 아이처럼 들뜨기 시작했다. 우리는 아버지가 꼼짝 말고 서 있으라고 말한 대로 극장 건너편 가게 앞에 서 있었다.

"저리 가!"

갑자기 가게 안에서 누군가 나오더니 우리를 향해 손을 내저었다.

"남의 영업집 문을 왜 막고 난리야!"

언니와 나는 반사적으로 몸을 움찔거리며 비켜섰다. 남자는 문을 활짝 열어놓은 뒤 닫히지 않게 괴어놓느라 허리를 숙였다. 언니가 양쪽 눈이 찢어져라 그를 흘겨보았지만 다행히 그는 못 본 것 같았다. 그가 허리를 펴기도 전에 안쪽에서 누군가 부르는 소리가 들려 그는 다시 안으로 들어갔다. 팔짱을 끼고 있던 언니는 남자가 들어간 가게 안쪽을 쳐다보며 가소로운 듯 입을 삐죽거렸다.

"자기가 더 난리면서."

그 순간 나는 언니가 부척 어른스러워 보였고, 그래서 언니처럼 팔짱을 낀 채 안쪽을 향해 눈을 흘겼다.

우리가 그러고 있을 때 멀리서 긴 팔다리를 휘저으며 성큼성큼 걸어오고 있는 아버지가 보였다. 나는 순간적으로 어깨에 힘을 준 채 시선을 내리깔았다. 갑자기 언니가 내 한쪽 손을 잡고 앞으로 두어 발짝 걸어나갔다. 아버지는 우리를 보자마자 따라오라는 말도 없이 등을 돌리고 도로를 건너갔다. 우리도 빠르게 뒤따라갔다. 아버지는 매표소 앞 줄이 긴 것을 보고 잠시 얼굴을 찡그렸지만 참을성 있게 기다렸다가 표를 샀다. 그러고는 우리를 극장에 들여보낸 뒤 사무실로 되돌아갔다.

극장은 부모와 함께 영화를 보러 온 아이들로 자리가 꽉 차 있었고 자주색 벨벳 같은 천으로 된 의자에서는 담배 냄새와 함께 이상한 지린내가 났다. 아이들끼리 온 이들은 우리밖에 없는 것 같았다. 나는 언니 손을 꼭 잡은 채 어두컴컴한 극장 안 통로를 걸어간 뒤 군데군데 담뱃불로 구멍이 난 의자에 앉았다. 우리가 자리에 앉자마자 불이 서서히 꺼지더니 수 초간 암전되었다. 나는 의자가 접히지 않도록 엉덩이를 의자 깊숙이 밀어넣은 뒤 조용히 검은 스크린을 응시했다. 마침내 화면이 밝아지자 새소리와 함께 타잔처럼 조각난 천으로 간신히 몸을 가린 소년이 동굴 속에서 기어나왔다. 소년은 한동안 숲 속 동물 친구들과 평화롭게 어울려 놀았다. 나는 이미 내용을 알고 있었음에도 불구하고 그 이야기에 푹 빠져들었다. 마침내 사람들을 못살게 굴던 붉은 수령의 가면이 벗겨지고 그가 실은 돼지였음이 밝혀지자 극장 여기저기서 웃음과 함께 환호성이 터졌다. 마치 거기 있는 모든 사람이 붉은옷을 입은 괴뢰 도당에게 개인적인 원한을 품고 있는 듯했다. 나 또한 일시적으로는 집단적인 감정의 고취 상태에 빠져 있었던 것 같았다. 거기에는 모든 것이 분명한 세계가 주는 이상한 안도감이 있었고 나를 포함한 많은 사람이 때로 그것을 필요로 했던 것이 아닐까 싶다. 어쩌면 그것이 인간들이 두려움을 이겨내는 방법 중 하나일지도 모른다는 생각이 든 것은 좀더 나중 일이지만 어쨌거나 나는 우리에게 무찔러야 할 공공의 적이 있다는 사실을 자연스럽게 받아들였던 것 같다.

학교에 입학하고 나서 반공 포스터 글짓기 대회에서 상을 받은 적이 있었다. 그것은 내가 누군가로부터 칭찬과 인정을 받은 유일한 경험이었다. 하지만 받아쓰기 시간에는 미래의 독재자가 될 대통령의 이름 철자를 틀리게 써서 매를 맞기도 했다. 지나치게 애국심이 투철했던 한 교사는 우리에게 아주 오래전 강원도 시골 마을에서 일어난 어떤 사건을 예로 들며 그들이 단지 공산당이 싫다고 말했다는 이유로 아홉 살짜리 남자아이의 입을 찢어 죽였다고 말해 우리의 증오심을 키웠다. 그때 우리는 아홉 살이었다. 우리는 선생님이 말한 그 남자아이가 학교 운동장에 세워진 초록색 동상의 주인임을 알

왔다. 그 선생님은 평범해 보이는 우리 이웃들 사이에도 간첩이 숨어 있을지 모르니 늘 눈을 크게 뜨고 살펴보아야 한다는 말도 했다. 그 시절에 우리는 그렇게 의심을 배웠다. 증오를 배웠다. 지금은 그때로부터 많은 시간이 흘렀지만 여전히 증오를 퍼뜨리는 사람들이 있는 것을 보면 변한 것은 아무것도 없다는 생각이 들었다. 그런 생각이 들 때마다 어떤 상황에서도 사람들의 미소와 작은 친절을 잊지 말아야겠다는 다짐을 하게 된다.

그리고 지금 드는 생각은 두려움이 꼭 극복해야 하는 감정은 아닐지도 모른다는 것이다. 만일 인간들이 아무것도 두려워하지 않는다면 무엇을 신경쓰겠는가. 우리는 더 많이 두려워해야 한다.

그렇지만 어떤 두려움은 존재를 집어삼킬 만큼 강력해 이성을 마비시키기도 한다. 이것이 우리가 두려워하면서도 두려움에 잡아 먹혀서는 안 되는 이유인 것 같다.

아무튼 그날 우리가 극장에서 나왔을 때 아버지가 앞에서 기다리고 있었다는 말을 꼭 해두고 싶다. 아버지는 우리를 보자마자 등을 돌렸고 언니와 내가 서로 눈을 마주친 뒤 재빨리 아버지 뒤를 따라갔다는 말도. 아버지는 우리더러 저리 가라고 소리쳤던 남자가 있는 그 가게 안으로 들어갔다. 나는 살짝 주춤했지만 언니는 아무 거리낌 없이 따라들어갔다. 우리는 깨끗이 닦지 않아 끈적거리는 테이블 앞에 나란히 앉았다. 아버지는 앉지 않았다. 그저 가게 안을 서성거리며 벽에 붙은 메뉴판을 읽는 척했다.

"뭐 먹을래."

아버지가 바지 주머니에 두 손을 꽂은 채 물었다. 아버지는 우리를 내려다보고 서 있었다. 나와 언니는 어찌할 바를 모르고 서로의 눈만 쳐다보았다.

"없어?"

아버지 목소리가 커져서 나는 반사적으로 어깨를 움츠렸다. 아버지는 천천히 숨을 내쉬었다.

"괜찮으니까 한번 골라봐."

아버지가 작은 목소리로 말했다. 나와 언니는 간신히 메뉴를 정했다.

아버지는 카운터에서 계산을 마치고는 간다는 말도 없이 다시 밖으로 나갔다. 어찌 되었든 나는 안도했다. 다음날 학교에 가서 선생님이 어린이날 무엇을 했느냐고 물으면 엄청 시시한 하루를 보냈다는 듯 영화도 보고 맛없는 돈가스도 먹었다는 말을 할 수 있게 된 것이다. 나는 절대로 환상적인 맛이었다고는 말하지 않을 터였다.

16

　당신은 죽은 자가 말하게 하는 법을 아는가. 나는 안다. 그
것은 기억하기다. 기억하는 것은 꿈에서 죽은 이를 다시 만나
는 것과 같다. 꿈에서 그는 아무 말 없이 당신을 물끄러미 쳐다
보다가 그냥 돌아가지만 때로는 당신에게 무언가 말하고 싶어
한다. 예를 들어 언니는 꿈에서 어떤 남자를 보았다는 말을 하
려고 나에게 전화를 걸었다.

　"언니가 왜 그 사람 꿈을 꿔?"

　"그러게. 나도 이상하다 싶었어."

　"진짜 이상하네."

　언니 말로는 자신이 며칠 전 그 남자의 아내였던 아주머니

를 길에서 우연히 마주친 적이 있다고 했다. 아마도 그런 이유로 꿈에 보인 것이 아니겠느냐고.

"하여튼 그 아저씨, 너도 기억나지?"

언니가 물었다. 나는 어깨를 으쓱거렸다.

물론 나도 생각나는 이야기가 있다. 그는 내가 초등학생일 무렵 우리 이웃집에 이사온 남자로 한 번인가 두 번 그의 아내가 집에 혼자 있는 나를 초대해 음식을 만들어준 적이 있었다. 그들 부부에게는 아이가 없었는데, 소문으로는 남자에게 무언가 심각한 문제가 있었다고 했다. 이사왔을 당시 그들은 젊었고 길을 걸을 때 서로 손을 잡고 다녔다. 우리 마을에서는 아무리 부부라고 해도 서로 손을 잡고 다니는 사람들이 없었기 때문에 그들을 본 사람들은 뒤에서 수군거렸다. 남자의 아내는 특별한 일이 아니면 밖으로 잘 나오지 않았고 남자도 정확히 무슨 일을 하는지 몰랐다. 그가 며칠씩 커다란 군청색 가방을 짊어지고 집을 나섰다가 한참 후에 돌아오곤 했기 때문에 한동안 나는 학교에서 배운 대로 그를 관찰했다. 눈을 크게 뜨고 의심스러운 점이 없는지 살펴보았다. 포상금. 내 머릿속에는 그 생각이 떠올랐다. 나는 선량한 시민을 의심하는 것이 아니라는 확신을 갖기 위해 남몰래 증오심을 배양했다. 하지만 증오심을 꾸준하고도 일관되게 유지하는 일에는 엄청난 에너지가 소비되었기 때문에 이내 포기하고 말았다. 그렇다고 해서 그에 대한 의구심을 완전히 거둔 것은 아니었다.

한동안 그들 부부는 마을에서 있는 듯 없는 듯 살았고 마을 사람들도 특별히 신경쓰지는 않았지만 술에 취하기만 하면 아무 데서나 드러눕는 그를 걱정하는 말을 들은 기억이 있는 것을 보면 꼭 그렇지만도 않은 듯했다.

어느 날 나는 아버지만 있는 집에 들어가기가 싫어 골목 안 담장 앞에 쪼그리고 앉아 있었다. 그 집과 우리집 사이 담벼락이 무척 낮았기 때문에 그때쯤 그는 우리집 안에서 벌어지는 일들을 모두 알고 있었을 터였다. 그는 눈이 부리부리하고 콧수염을 길렀는데, 실제로 콧수염 기른 남자를 가까이서 본 것이 처음이었기 때문에 나는 그가 정말로 무서운 사람일지도 모른다고 생각했다. 그래서 그가 내 앞을 지나갔을 때 나도 모르게 움찔거렸다. 이른 저녁이었고 골목 어딘가에서 개 짖는 소리가 들리다가 말았다.

처음에는 그냥 내 앞을 지나쳐갔다. 그러다가 갑자기 걸음을 멈추고는 뒤를 돌아보더니 바지 주머니에 손을 집어넣고 나를 빤히 쳐다보았다. 나는 그가 그냥 갔으면 싶었지만 그는 천천히 내 앞으로 걸어왔다.

"여기서 뭐 해?"

그가 물었다.

"안 추워?"

내 옷이 얇은 것을 보고 그가 물었다. 나는 고개를 좌우로 살짝 흔들었다.

"저녁이라 쌀쌀한데."

그가 고개를 비스듬히 기울인 채 나를 내려다보더니 이내 주춤거리며 내 옆에 쭈그려 앉았다. 나는 약간 경계하면서 몸을 옆으로 조금 움직였다.

"들어가야지. 집이 코앞인데."

딱히 내 대답을 들으려던 것은 아니었는지 그는 바닥에 떨어져 있던 아이스크림 막대기를 주워 직선이나 도형 같은 그림을 그리기 시작했다. 나는 말 없이 그의 손동작을 지켜보았다. 그저 별 의미 없는 낙서였다. 잠시 후 그는 흙으로 그림을 뒤덮은 뒤 다시 그리기 시작했다. 바닥에 선명하게 빗금을 긋더니 금세 부채꼴 모양의 날개 한쪽을 완성했다. 그는 약간의 간격을 두고 다른 쪽 날개 하나를 마저 그렸고 그 사이에 몸통을 채워넣었다. 완성된 새는 날아가는 것처럼 보였다. 하지만 그는 그림을 이리저리 살피더니 무언가 마음에 들지 않았는지 흙으로 지우고 처음부터 다시 그리기 시작했다.

"나 어릴 때……."

그는 계속 손을 움직이며 새의 부리를 뾰족하게 만들었다.

"빨리 나이가 들었으면 좋겠다고 생각한 적이 있어."

나는 고개를 돌렸지만 그는 계속해서 고개를 숙인 채 그림 그리기에 열중했다. 주홍색 노을빛이 선이 굵은 그의 얼굴 한쪽을 비추고 있었다.

"그냥 어른이 되면 모든 게 해결될 줄 알았거든."

그는 생각에 잠긴 듯 잠시 말을 멈추었다가 무언가를 결심한 듯 이어서 말했다.

"근데 정말 그렇더라? 다는 아니었지만…… 어쨌든 어떤 문제는 시간이 흐르면서 저절로 사라지더라고."

그러고 나서 그는 맞은편 담벼락을 향해 막대기를 던져버린 후 손에 묻은 흙을 털어냈다.

"그러니까 너도 빨리 크거라."

마치 그것이 내 자유의지라도 된다는 듯 그는 그렇게만 말하고 일어났다. 그러고는 한동안 머뭇거리더니 이내 자기 집 쪽으로 걸어가기 시작했다.

사실 나는 이 장면을 거의 잊고 지냈다. 그러다가 내가 고등학교에 입학하고 얼마 뒤 그가 실종되었다는 이야기를 들었을 때 내 머릿속에는 두려워하는 아이를 달래려는 어른 남자의 작은 목소리가 떠올랐고 나와는 전혀 관계없는 타인의 말이 그토록 오랜 시간 기억 속에 남아 있었다는 사실에 놀라워했다.

그리고 며칠 뒤 논둑길 옆 구덩이에 빠진 그를 누군가 발견했다는 소식이 들려왔다. 듣기로는 한밤중에 만취한 채 자전거를 타고 가다가 구덩이에 빠진 것 같다고 했다. 구덩이는 누군가 비닐 따위를 묻어두기 위해 파놓은 것으로 그렇게 깊지 않았다고 했다. 그는 태아처럼 몸을 웅크린 채 잠든 것처럼 보였는데, 경찰관 두 명과 마을 사람 한두 명이 그의 시신을 꺼내 구부러진 관절을 펴보려고 했으나 실패했다고 했다.

"충분히 나올 수 있었는데, 왜 못 빠져나왔을까."

사람들은 추측했고 나중에는 자신들의 추측을 믿게 되었다.

"거기가 집인 줄 알았던 거지."

그해 겨울은 몹시 추웠고, 그래서 얼어붙은 시신을 옮기느라 사람들이 꽤 애를 먹었다.

"그러고 보면 다 불쌍한 사람들이야. 산 사람이나 죽은 사람이나."

그의 장례식에 다녀온 뒤 엄마는 그렇게 말했다. 그제야 나는 집에서 소식을 전해들은 그의 아내가 몹시 서럽게 울었던 모습을 떠올렸다.

겨울이 끝나고 봄이 되자 한동안 마을을 어수선하게 만들었던 그의 죽음은 더이상 사람들 입에 오르내리지 않았다.

그는 고아였다. 태어나자마자 버려진 채 보육원 앞에서 발견되었다고 했다. 누구에게 들었는지 기억나지 않지만 그가 몇 번이나 보육원에서 탈출하려 했고 그때마다 붙잡혀 매를 맞았다는 이야기도 들었다.

늙은 고아.

그 말을 듣고 나는 이 말을 떠올렸는데, 아무리 나이가 들어도 버려졌다는 기억만큼은 평생 그를 떠나지 않았으리라는 생각이 들었기 때문이다. 하지만 내 기억 속에서 그는 집에 들어가기 싫어하는 어린 여자아이에게 무언가 도움이 되는 말을 해주고 싶어서 슬레이트로 된 맞은편 담벼락을 지그시 응시하는 사람이었다. 그는 살면서 한 번도 해보지 못했던 일을 지금 해보려는 사람처럼 용기를 끌어올리는 중이었다.

"저기 봐봐."

그는 오렌지빛으로 물든 하늘을 손가락으로 가리키며 웅얼거렸다. 나는 고개를 들고 시시각각 변하는 구름 모양을 보았다.

"아니, 저쪽을 봐야지."

나는 오른쪽으로 고개를 돌렸다. 하늘에는 특정한 형태의 구름들이 조각조각 떠 있었고 그는 거기서 무언가 다른 것을 발견한 사람처럼 눈을 찡긋거렸다.

"옛날에는 저기에 나를 지켜보는 시선이 있다고 믿었어. 저 구름들. 무슨 신호 같지 않니?"

내가 그를 빤히 쳐다보자 그는 부끄러운 듯 얼굴을 붉혔다.

"그래, 좀 유치하긴 하지. 근데 사실이야. 저기 저 하늘 위에 모든 것을 지켜보는 눈이 있다고 믿었다니까. 그렇게 생각하고 보니까 구름 한 조각도 다 의미심장해 보이더라."

그가 긴 한숨을 내쉰 뒤 나를 보았다. 나도 그를 쳐다보았다. 그가 어깨를 으쓱했다.

"그냥 그렇다고."

그가 그렇게 덧붙였다.

"갑자기 생각났어."

그가 말했다.

그가 죽었다는 소식을 들었을 때 그가 그린 새 그림만큼은 내 기억 속에 살아 있는 듯했고 나는 평생 신의 눈길을 의식하며 살았던 한 남자의 죽음이 그런 식이어서는 안 된다는 생각을 했다. 하지만 그는 구덩이에 빠진 채 잠이 들었고 그동안 체온이 떨어져 죽었다. 그는 태아처럼 몸을 웅크리고 있었다.

그리고 지금 나는 죽은 자가 말하는 것을 듣기 위해 귀를 기울인다. 꿈에서 그는 누군가를 기다리는 사람처럼 버스 정류장 의자에 혼자 앉아 있었다고 한다. 주변에는 아무도 없었고 거리는 텅 비어 있었다.

"새벽이었고 안개가 엄청 자욱했어. 등을 돌리고 있어서 얼굴은 보이지 않는데, 그냥 그 아저씨인 걸 알겠더라고."

언니가 말했다.

"이상하다, 저 아저씨가 왜 꿈에 보이지?"

언니가 그 생각을 하고 있는데, 흐릿한 안개 속에서 또다른 누군가 나타났다고 했다. 그러더니 조용히 그 아저씨 옆에 와서 앉았다고.

"버스 한 대가 오고 있었어."

버스 안에는 사람이 한 명도 없었다. 분명 누군가 운전하고 있었을 텐데, 어찌 된 일인지 저절로 움직이는 것처럼 보였다. 나는 턱을 가슴 쪽으로 끌어당긴 채 언니 목소리를 들었다.

"그 아저씨가 버스를 타려고 몸을 일으키니까 옆에 있던 사람도 따라서 일어나더라."

언니가 약간의 틈을 두고 말했다.

"어, 따라가면 안 되는데. 내가 막 소리치려고 하는데, 갑자기 그 사람이 뒤를 딱 돌아보는 거야. 나중에 온 사람이."

그 순간 언니는 꿈에서 깨어났다고 했다.

"아버지 같았어."

언니가 말했다.

"얼굴은 못 봤는데, 꿈에서 깨고 나니까 뒤돌아본 사람이 아버지라는 확신이 들더라."

17

막 해가 질 무렵의 어느 저녁 평소처럼 자전거를 타고 집으로 돌아오던 아버지와 정면으로 마주친 적이 있었다. 집 안에서나 밖에서 늘 아버지와 마주치지 않으려고 온 신경을 집중하고 다녔기 때문에 전에는 그런 적이 별로 없었다. 내 심장은 얼음처럼 차갑게 얼어붙었고 시간을 5분 전으로 되돌릴 수만 있다면 좋겠다는 생각이 들었다. 아버지가 나에게 세상에서 가장 무섭고 두려운 존재라는 사실이 나를 움츠러들게 만들었다. 나는 막 문밖을 나서려던 참이었고 아버지는 좁은 골목길 사이로 자전거를 타고 오는 중이었다. 아버지가 나를 보았을까? 나는 정지된 자세로 꼼짝하지 않고 서서 그 생각을 했다.

봄에서 여름으로 넘어가던 무렵이었고 아마도 내가 열대여섯 살 때쯤이었을 것이다. 아버지와 내가 떨어져 있는 집 앞 골목에는 나보다 한참은 더 어린아이들이 모여서 놀고 있었다. 머리를 짧게 깎은 남자아이 셋, 여자아이 하나. 아버지가 한 발을 땅에 디디고 자전거를 멈추어 세웠다. 남자아이들은 머리통을 서로 가까이 한 채 모여 앉아 죽은 개구리를 만지고 놀았다. 여자아이는 그 뒤에 서서 허리를 수그리고 남자아이들이 개구리의 뒷다리를 잡아당기는 모습을 지켜보기만 했다. 아버지는 엉덩이를 조금 들어올렸다. 고개를 쑥 빼고 아이들이 노는 모습을 구경하듯 쳐다보았다. 아버지의 시선이 아이들의 작은 머리통 사이를 비집고 들어갔다. 자동으로 벌어진 입술 사이로 아버지의 하얀 치아가 보였다. 아버지는 눈 한 번 깜빡이지 않았다. 그저 순수하게 상황에 몰입하고 있었다.

지금 다시 그 장면을 떠올려보니 무심코 드러난 그 표정에 아버지의 어린 시절이 담겨 있었을지도 모른다는 생각이 든다. 이후 나는 사람들의 방심한 표정을 바라볼 때마다 그의 아기 때 얼굴이 어땠을지 상상해보곤 하는데, 우리가 무심코 드러내는 표정 속에는 많은 것이 담겨 있다는 생각이 들기 때문이다. 어쩌면 우리는 본래의 표정을 잃어가면서부터 어린 시절과 멀어지는 것이 아닐까 싶다.

그런 생각을 하며 방심한 사이 아버지와 내 눈이 마주쳤다. 우리 사이에는 다른 사람의 유년 시절이 놓여 있었고 죽은 개구리는 해체되기 직전이었다. 나는 어리둥절한 채 아버지를 쳐다보았고 아버지도 나를 빤히 바라보았다. 그 눈길, 과거에서 현재로 돌아오느라 잠시 멍해진 눈길은 길을 잃은 것처럼 보였다.

"으윽, 너무 잔인해……!"

갑자기 여자아이가 소리지르기 시작했다.

"엄마한테 이를 거야!"

두 남자아이 손에는 개구리 다리가 들려 있었다. 키가 큰 남자아이 하나가 막대기로 몸통을 툭툭 건드리며 여자아이를 향해 말했다.

"야, 어차피 이건 죽은 거야."

그들은 남매였다. 우리 시선은 자연스레 그쪽으로 향했다. 훌쩍거리는 여자아이는 아랑곳하지 않은 채 막대기를 든 남자아이가 소리쳤다.

"구워먹자!"

아이들은 갑자기 어딘가로 우르르 사라져버렸다. 아이들이 떠난 자리에는 몸통만 남은 개구리의 사체가 놓여 있었다.

당황한 듯 아버지는 아이들이 사라진 골목길을 쳐다보다가 자전거에 올라탔다. 나는 어찌해야 할지 모르고 그냥 서 있었다. 또다시 아버지와 내 눈이 마주쳤고 그때는 우리 사이에 아무것도 없었다. 하지만 그 짧은 동안에 나는 아버지의 눈길에서 무언가를 느꼈다. 정말이었다. 그 눈길 속에는 자신의 비참

했던 어린 시절에 대한 회한이 담겨 있는 듯했고 그것을 내가 알아차렸던 것이다. 처음으로 나는 아버지를 알 것 같다고 생각했다. 그의 심장과 내 심장이 보이지 않는 끈으로 묶여 있는 듯한 느낌이었다. 엄마 말대로 내가 아버지를 닮았기 때문에 그것을 알아볼 수 있었는지도 모르겠다.

오랫동안 나는 아버지를 무서워하는 동시에 경멸했고 그도 그 사실을 알았겠지만 그 순간만큼은 우리 사이에 무언가가 일어난 것 같았다. 믿기지 않겠지만 사실이었다. 우리가 믿고 싶은 이야기에는 얼마간 과장이 있을 수 있다는 사실을 당신이 이해했으면 싶다. 그렇지 않더라도 이 이야기에 거짓은 없다.

이윽고 아버지가 내 시선을 피했다. 어쩌면 그는 어린 자식 앞에서 속마음을 들킨 것 같은 당혹스러움과 낭패감을 느꼈을지도 모른다. 아버지는 갑자기 무언가에 화난 듯한 얼굴이었는데, 그것이 평소의 자연스러운 표정이었기 때문에 오히려 나는 안심했다. 그는 땅을 디디고 있던 한쪽 발을 페달 위에 올리고 천천히 구르기 시작했다. 그러더니 아무 일도 없었던 것처럼 내 옆을 쌩하니 스쳐지나갔다.

그때만큼 우리가 가족이라는 사실이 슬펐던 적이 없었다. 가족 구성원 모두—어른, 아이 할 것 없이—가 거부당한 아이들로 구성된 것 같았기 때문이다. 그러므로 아버지도 알았을 것이다. 당신을 바라보는 우리 기분이 어땠을지. 알면서도 자기 자신을 어찌할 수 없어 숱한 밤을 괴로워하며 보냈을지도 모른다(그랬기를 나는 바란다).

그렇더라도 아버지는 나에게 존재감이 너무나도 뚜렷해 오히려 시선을 피하게 되는 그런 존재였다. 말하자면 아버지는 사진 속 그림자처럼 부재하는 데 실패했고, 그로 인해 우리의 삶을 말할 수 없이 곤혹스럽게 만들었다. 그랬으면서도 평생을 자기 혼자만 따돌림당한 사람처럼 굴었다. 실제로 언니와 내가 그 집을 떠났을 무렵에는 엄마도 아버지를 노골적으로 무시하기 시작했던 것 같다. 두 사람은 서로의 존재를 거의 신경쓰지 않으면서도 한집에 사는 방법을 터득했고 아주 가끔씩만 싸웠다. 엄마는 전보다 더 밖으로 돌면서 사람들과 어울렸지만 아버지는 혼자 방 안에 틀어박혀 새벽까지 라디오를 듣거나 텔레비전 뉴스를 보면서 인생을 그냥 흘려보냈다. 그는 혼자일 때 가장 편안함을 느끼는 듯했고 그런 이유로 자신이 외톨이가 된 줄도 몰랐던 듯했다. 그런 면에서 그는 진정한 왕따였다.

18

아버지가 큰 병에 걸렸다는 말을 들었을 때 나는 무언가 일이 이상하게 돌아간다고 생각했다. 정확히 설명할 수는 없지만 아무튼 그랬다. 나는 한 번도 그 일을 상상해본 적이 없었는데, 아버지만큼 건강에 신경쓰는 사람을 본 적이 없었기 때문이다. 아버지는 하루도 빠짐없이 새벽에 일어나 달리기를 했고, 고기는 조금밖에 먹지 않았으며, 담배도 피우지 않았다. 술은 마셨지만 건강에 해로울 정도로 마시지는 않았다.

어쨌거나 언니는 나에게 그 소식을 전하며 울먹였다. 그때 나는 우리의 삶 자체가 살아 있는 생물 같다고 느꼈다. 그리고 살아 있는 것들은 모두 그 생명력 때문에 한 치 앞을 모르게 되는 것 같다는 생각도 했다.

며칠 동안은 그 소식이 나와는 무관한 사실처럼 덤덤하게 지냈다. 가끔 엄마가 전화를 걸어와 어찌해야 할지 물을 때마다 기훈에게 들은 몇 가지 정보를 전달할 뿐 실제로 나는 아무렇지도 않았다. 어쨌거나 우리 모두 언젠가는 겪어야 할 일이었다. 다만 내가 내 인생에 대해 무언가를 떠올리려고 할 때마다 아버지를 빼놓고 생각해본 적이 없었는데, 어쩌면 그것이 핵심이었는지도 모른다는 생각이 들었다. 그는 나에게 사진 속 그림자와 같은 존재였다. 그림자가 누구였는지는 끝내 알아내지 못했지만 그렇더라도 그림자는 지워지지 않을 터였다. 시간이 지날수록 빛바랜 풍경 속에서 홀로 짙어질 것이었다.

그렇게 어떤 이야기는 한 번도 상상해본 적 없는 방식으로 우리를 끌고 가는 것 같다. 그러니까 어느 금요일 오후, 친한 친구 한 명 없고 평생 집을 떠나본 적도 없는 남자가 큰 병원에 가기 위해 검사지를 들고 사람들로 붐비는 버스 터미널 대합실을 혼자 서성거리는 그런 장면은 내 머릿속에 없었다.

그 지난해 어느 여름에 아버지가 평소 같지 않다는 엄마 말을 들었을 때도 나는 그냥 한 귀로 흘려들었다.

"통 말을 안 해."

어떠냐는 내 물음에 엄마가 그렇게 말했기 때문이다.

"언제는 말을 했었고?"

나는 그렇게만 대꾸했다.

"그게 아니라 하루종일 누워서 뉴스만 본다니까. 밥도 조금밖에 안 먹고."

엄마가 말했다.

"왜, 걱정돼?"

내가 웃으며 묻자 엄마도 민망한 듯한 웃음소리를 냈다.

"걱정이 아니라, 그냥 사람이 변한 것 같아서 그런다."

"별수 있나. 아버지도 이제 늙었는데."

나는 그렇게 말했다.

하지만 아버지는 몇 달 뒤 단골로 다니던 미용실의 미용사로부터 안색이 좋지 않다는 말을 들었다.

"얼굴이 누렇잖아요. 집에서 아무 말 안 해요?"

아버지는 잔뜩 겁먹은 얼굴로 거울을 본다. 얼마 전까지만 해도 멀쩡했던 피부색이 노랬고 눈동자도 탁해 보였다. 그는 염색을 미루고 허겁지겁 근처 작은 규모의 병원을 찾아간다.

"이거 좀 봐야겠는데요. 아니 근데, 집에서 거울 안 보세요?"

젊은 의사는 자기 아버지뻘 되는 그에게 야단치듯 목소리를 높인다. 급한 대로 몇 가지 검사한 뒤 의사는 아버지에게 당장 큰 병원에 가야 한다고 말한다. 아버지는 젊은 의사의 위엄 있는 목소리에 깜짝 놀라 자기 잘못이 아니라고, 자신은 건강을 위해서라면 무엇이든지 해왔다고 말할 엄두조차 내지 못한다. 그저 순종적인 어린아이처럼 고개를 푹 숙인 채 의사의 꾸지람을 듣고만 있다.

아버지는 집으로 돌아온다. 집에는 아무도 없고 그는 이제 완전히 혼자가 된 느낌이다. 원래도 그랬지만 그 순간만큼은 훨씬 더 철저하게 혼자인 듯한 느낌이 들고 그 압도적인 외로움에 긴 목이 수그러든다. 그렇게 아버지는 갑작스럽게, 내밀한 외로움 속에 조용히 가라앉는다. 염색하지 않은 그의 머리카락은 반나절 만에 더 하얘진 것 같다. 그는 마비 상태에 빠진 듯 오랫동안 그렇게 앉아 있다. 오직 드는 생각은 많은 날이 연기처럼 사라져버렸다는 것이다.

이후 아버지는 가까운 곳의 대학병원을 다니며 입퇴원을 반복했다. 가깝다고는 하지만 시외버스를 1시간가량 타고 가야 하는 거리였다. 그렇게 대부분의 환자가 겪는 비슷한 과정을 겪으면서 진짜 환자가 되어갔다. 가끔 기훈이 시간을 내서 아버지의 입퇴원을 돕기도 했다. 나는 그럴 필요가 없다고 했지만 그가 차 키를 들고 집을 나서면 모르는 척했다. 늦은 밤 장거리 운전으로 피로해진 낯빛을 한 채 집으로 돌아온 기훈에게 나는 아무것도 묻지 않았다. 그냥 그 모든 일이 나와는 상관없는 것처럼 느껴졌고 기훈이 괜한 짓을 하고 있다고 생각했다.

하지만 어떤 날 밤에는 맥주 한 캔씩을 놓고 식탁에 마주앉아 우리의 어린 시절 이야기를, 서로가 무엇을 기억하고 살아왔는지를 이야기하느라 시간이 가는 줄도 몰랐다. 기훈의 유년에 대해서라면 이미 알 만큼 안다고 생각했는데도 가끔은 전혀 모르는 이야기가 튀어나오기도 했다. 그러면 나는 "당신이 그랬다고?" "정말?" 하면서 질문을 이어갔다.

"어릴 때 얘기를 많이 하셔."

그리고 어느 날 밤에는 기훈을 통해 그런 이야기를 들었다. 나는 어깨를 으쓱했다.

세상에는 그렇게, 자신이 다른 사람이 될 수도 있었는데 어린 시절 때문에 어쩔 수 없이 자기 자신이 되어버렸다고 생각하는 사람의 이야기를 들어주는 이가 있었다. 예컨대 늘 어딘가에 있지만 그것이 자신의 곁은 아니었던 어머니에 대한 기억과 소년 시절 누군가 던져준 돈 때문에 자존심이 상해야 했던 기억은 복장뼈를 함몰시킬 정도로 강하다.

그런 식으로 아버지가 기훈에게 조금씩 털어놓은 이야기야말로 아버지가 자신의 인생을 설명하기 위해 선택한 이야기였을 것이다. 그런 이야기를 통해 내가 새롭게 알게 된 사실 하나는 아버지가 어릴 때 학교에 보내주겠다는 말에 속아 수년간 남의 집 축사에서 죽도록 일만 했다는 것이다. 열심히 일만 하면 학교에도 갈 수 있고 월급도 받을 수 있다는 말에 속았다고.

"몇 년에 한 번씩은 꼭 그 축사에 도로 보내져 똥 치우는 꿈을 꾸신대." 기훈이 말했다. "소들이 어찌나 똥을 많이 싸는지 거의 똥밭이나 다름없었대. 아무리 퍼내도 끝이 없을 정도로.

그때는 뭐든 사람 손으로 했잖아."

나는 아무 말도 할 수 없었다. 온종일 거대한 똥 무더기를 삽으로 퍼내야 했던 어린 소년의 얼굴이 나를 빤히 쳐다보고 있는 것 같았기 때문이다.

이후 평생토록 가난에서 벗어나고 싶어했던 한 남자의 이야기가 이어졌는데, 그것은 나도 아는 이야기였다. "너희 가족이 날 속였어! 내 인생을 조졌다고!" 엄마와 다툴 때면 아버지는 항상 반복되는 후렴구처럼 그렇게 말했다. 엄마의 아버지, 즉 나의 외할아버지는 자수성가한 사람이었는데 몇 번은 아버지가 사업을 할 수 있도록 돈을 대주었다. 하지만 아버지가 매번 실패했기 때문에 그 즉시 우리 가족과 인연을 끊다시피 했다. 외할아버지는 절대 손해 보는 법이 없었다. 그런 이유로 아버지는 평생 엄마와 엄마의 가족들을 원망했다. 아마도 자신이 결혼한 이유가 사라져버렸기 때문이었을 것이다. 이 이야기를 들었을 때 나는 어쩌면 아버지에게는 인생이 거대한 속임수처럼 여겨졌을지도 모른다고 생각했다.

하지만 또다른 진실은 아버지를 속인 것은 바로 본인 자신이었을지도 모른다는 사실이다. 아버지 또한 이 사실을 알고 있었을지도 모른다. 하지만 자신이 이해한 것과 별개로 문득 치밀어오르는 분한 감정을 억누를 길도 없었을 것이다. 그는 세상 사람 모두와 싸울 준비가 되어 있었고 실제로 자신의 인생에서 중요한 몇 사람과는 싸우기도 했지만 자신의 내밀한 적에 대해서는 일찌감치 투항해버린 듯했다. 그리고 투쟁심을 잃어버린 병사가 숲에서 길을 잃듯 자기 안에서 길을 잃었다.

몇 주 뒤에는 기훈이 나에게 우리 아버지가 시골에서 신동 소리를 듣고 자랐다는 말을 해주었다. 나는 웃었다. 어째서 그 시절에는 좌절한 천재들이 그렇게나 많았을까? 그것은 누구나 자신의 인생을 들어올려줄 이야기 하나쯤은 갖고 싶어하기 때문일 것이다. 그렇더라도 나는 아버지가 그런 이야기를 할 수 있어서 좋았다.

그런 이야기를 듣고 있으면 두 사람이 차를 타고 오가는 동안 한 사람은 말하고 한 사람은 조용히 듣고만 있는 모습이 내 머릿속에 그림처럼 펼쳐진다. 도로는 한산하고 그들은 계속 전방을 주시하면서 앞으로 나아간다. 차 안에는 음악소리도 없고 그저 말하는 사람의 힘없이 작은 목소리만 들린다. 그가 평생 간직해온 이야기들이 중얼거리듯 터져나온다. 그 장면을 떠올리면 나는 누군가 나에게 괜찮다고 말해주는 것 같았는데 그 말은 내가 오랫동안 듣고 싶었던 말이다.

19

어떤 기억은 내밀한 투쟁이다. 범속함에 대해, 일반화에 대해 끈질기게 저항하는 일이다. 당신의 삶이 무의미의 블랙홀 속으로 빨려들어가지 않도록 강박적으로 시간을 붙들고 중력에 다가가려는 움직임이다. 동시에 기억은 새벽에 혼자 불 꺼진 거실을 서성이는 누군가의 환영이자 당신이 쪼개진 가슴을 붙들고 울 때 침묵 속에서 지켜보는 목격자다. 당신이 이 모든 것—수치스러운 기억과 비겁함과 공포로 얼어붙은 심장—을 떠올리기로 했다면 작고 날카로운 기억의 파편이 당신을 향해 날아들어도 결코 피해서는 안 된다. 닥치는 대로 그것을 받아 든 뒤 밤을 새워 이야기의 조각들을 이어붙여야 한다.

용기가 우리에게 무한히 주어진 것은 아니므로.

이제 나는 해변에서 불가사리를 줍는 아버지를 본다. 아버지는 맨발이고 얼굴은 좀 그을려 있다. 햇빛을 가릴 커다란 밀짚모자를 머리에 쓰고 있어서인지 표정은 보이지 않는다.

내막은 이랬다.

친척들이 갑자기 우리집에 와서 같이 바다를 보러 가자고 했다. 늦여름이었고 내가 아직 초등학생일 때였다. 아버지의 누나와 남동생 둘이서 각자 식구들을 데리고 놀러 가는 김에 우리를 싣고 가기로 한 것이었다. 그때는 아버지의 형제들도 가끔은 엄마를 통해 아버지와 연락하고 지낼 때라 언니와 나는 방학 때만 되면 고모네 집에서 며칠씩 놀다가 오기도 했다. 친척들 중에서는 고모가 유일하게 우리집과 마지막까지 연락하고 지낸 사람이었다. 아무튼 그날 우리는 고모와 작은아버지의 차에 나누어 탄 채 절벽이 아름다운 근처 바닷가로 향했다. 무슨 일인지 그날은 아버지도 기분이 좋아서 형제들의 차에 올라탔다. 엄마는 한사코 가지 않겠다고 했지만 고모가 억지로 끌다시피 해서 자신의 차에 태웠다. 어렸던 나는 대가족 사이에 끼어 있다는 사실만으로도 안정감이 들었다. 차는 1시간쯤 달려 항구 앞에 도착했다. 그곳은 파도가 수없이 깎아내린 해식절벽과 동굴로 유명한 곳이었고 사계절 내내 관광객이 붐비는 곳이었다.

"여긴 안 되겠네."

사람이 많은 것을 본 고모가 차창을 열고 작은아버지의 차에 대고 뭐라고 외쳤다. 어른들이 차를 세우고 한참 의논하는 사이 아이들은 모두 차에서 내렸다. 좁은 차 안에 끼어 앉아 있던 나도 얼른 따라 내렸다. 우리는 사람들이 서 있는 절벽 앞까지 내달렸다. 바람이 후텁지근했고 습도가 높아 가만히 서 있기만 해도 몸이 끈적거렸다.

"나 저거 책에서 봤는데."

우리 중 제일 나이가 어린 사촌 동생이 소리쳤다.

"나도 본 적 있어."

나는 지기 싫어서 그렇게 말했다.

파도에 깎여나간 절벽은 쌓인 책처럼 일정한 간격으로 층이 나 있었는데, 나는 그렇게나 단단한 암석이 파도에 부서진다는 사실이 이해되지 않았다.

"암석 중에서 가장 약한 부분에 침식작용이 일어나면 동굴이 만들어진대."

그 아이는 계속 잘난 척하면서 자신이 아는 것을 우리 앞에서 떠벌렸는데, 원래도 그런 아이였기 때문에 아무도 그 아이가 하는 말을 귀담아듣지 않았다. 때마침 누군가 방파제를 따라 뛰기 시작했고 우리도 그 뒤를 따랐다. 방파제 끝에는 아래로 내려가는 계단이 있었다. 우리는 내려가지는 않고 다른 사람들이 동굴을 향해 걷는 것을 지켜보고 서 있었다.

"저기서 사진 찍으면 좋겠다."

연인처럼 보이는 사람들이 그렇게 말하며 계단을 내려갔다. 나는 위태롭게 바위를 건너뛰느라 이리저리 흔들리는 사람들을 보면서 이마에 달라붙은 머리카락을 떼어냈다. 절벽 아래 동굴 사이로 희미한 빛이 새어나왔고 그 앞에 선 사람들이 카메라를 향해 브이자를 만들며 웃고 있었다.

"빨리 나오세요! 곧 물 들어옵니다!"

형광색 조끼를 입고 방파제 위를 어슬렁거리던 누군가가 호루라기를 불면서 외쳤다. 동굴까지 물이 차오르기 시작하면 위험한데도 사람들이 나오려고 하지 않자 이번에는 그가 확성기에 대고 소리쳤다.

"물 들어온다니까요!"

그는 아무리 외쳐대도 사람들이 나오려고 하지 않자 혼자 구시렁거렸다.

"아주 징글징글하구먼. 무슨 사진을 목숨 걸고 찍어……."

새카맣게 탄 그의 얼굴에도 땀에 젖은 머리카락이 들러붙어 있었다. 그 순간 고모가 부르는 소리가 들려 우리는 또다시 차가 있는 곳으로 우르르 달려갔다. 언니가 냉큼 내 자리를 차지한 뒤 나더러 작은아버지 차에 타라고 했다. 그 차에는 아버지가 타고 있었기 때문에 언니가 미리 선수를 친 것이었다. 나는 씩씩거리면서 할 수 없이 회색 봉고차에 올라탔는데, 다행히 내 옆자리에는 작은엄마가 앉았다. 아버지는 운전석 옆 조수석에 앉아 있었다.

우리는 근처 또다른 항구 앞에 도착했다. 어른들은 차에서 내리자마자 트렁크에 싣고 온 짐들을 가까운 소나무밭으로 옮기기 시작했다. 언니와 내가 어른들을 도와 짐을 나르는 동안 사촌 아이들 세 명은 소나무밭 아래 해변으로 뛰어갔다. 나는 어른들의 눈치를 볼 필요가 없는 그 아이들이 조금 부러웠는데, 어쩌면 그것이 그 아이들이 우리와 다른 점인지도 모른다고 생각했다.

"뭐 해? 너희도 가서 놀아야지."

고맙게도 고모가 등을 떠밀어서 우리도 백사장으로 뛰어갔다. 하지만 나는 어떻게 놀아야 하는지 몰랐기 때문에 그냥 뜨거운 모래밭에 앉아 아이들이 물에 빠지는 모습을 구경만 했다. 언니는 사교성이 좋았기 때문에 사촌 아이들과 잘 어울려서 놀았다.

다 놀고 난 뒤에는 소나무밭으로 도로 올라갔다. 거대한 천막 아래 어른들이 음식을 만드느라 분주했다. 특히 고모는 커다란 솥을 가져와 그 안에 벌거벗은 닭 두 마리와 찹쌀을 넣고 끓이느라 얼굴이 빨갛게 익어가는 중이었다.

"어디, 누가 먼저 삶아지나보자."

고모의 말에 엄마가 맑게 웃었다. 근처 수돗가에서 상추와 고추를 씻어오느라 엄마 손에서 물방울이 뚝뚝 떨어졌다. 엄마 기분이 좋아 보였기 때문에 내 기분도 덩달아 좋아졌다. 나는 새삼스럽게 주변을 둘러보았다. 키 큰 소나무들이 만든 그늘 아래 사람들이 돗자리를 펴고 누워 있거나 앉아 있었고 우리처럼 음식을 해먹는 사람들 사이에서 연기가 피어오르고 있었다. 늦여름의 햇살이 나뭇가지 사이로 비쳐들었고 사람들은 모두 웃고 있거나 다른 사람과 이야기를 나누면서 모처럼의 여유를 즐기는 듯했다.

오직 한 사람, 아버지만 뒷짐을 진 채 어색한 걸음으로 근처를 서성거렸다. 아무것도 모르는 내 사촌 동생 하나가 아버지에게 다가갔다가 도로 쌩하니 등을 돌렸다. 그 아이가 다가갔을 때 아버지가 어색한 미소를 지으며 두 손을 번쩍 쳐들었기 때문이다. 갓난아기를 대하듯 이상한 표정을 지으며 웃겨보려던 아버지를 보고 그 아이는 기겁하듯 뒤로 물러났다. 그러고는 곧바로 자기 오빠한테 뛰어가서 플라스틱 채집통 안에 든 사슴벌레를 구경했다. 그 아이들은 사람들이 모두 자기만 보면 예뻐하는 줄 알기 때문에 아무 거리낌이 없었고, 그래서 다른 사람의 기분이 어떤지 살필 필요도 없는 것 같았다. 그 천진난만함이야말로 그 아이들이 아무 걱정 없는 유년 시절을 보내고 있다는 증거였을 것이다. 아무튼 나는 그 모습을 보면서 아버지가 무척이나 서툰 사람이라는 생각을 했다. 사람들에게 자연스럽게 다가가는 법도 모르는데다 아이들을 어떻게 대해야 하는지도 잘 모르는 듯했다. 나는 아버지가 다른 사람들 속에 섞여서 무엇이라도 했으면 싶었지만 아버지는 혼자 뻘쭘하게 주변을 서성거리기만 했다.

장면이 바뀌고 이제는 모두가 한자리에 모여 앉아 음식을 먹는 중이었다. 더위에 땀을 뻘뻘 흘려가며 닭고기와 수박을 먹고 입가심으로 음료수나 커피 등을 마셨다. 어른들은 미지근한 맥주에 소주를 섞어 마시며 옛날이야기를 했다. 간간이 폭소가 터지기도 했지만 아버지 얼굴이 빨개진 것을 보고 나는 살짝 긴장했다. 다른 사람들도 술기운이 올랐는지 말이 점점 거칠어지기 시작했다. 눈치 빠른 아이들은 슬그머니 일어나 모래밭으로 뛰어갔다. 그러다가 갑자기 고모가 울기 시작했다. 누가 무슨 말을 했는지는 모르겠지만 몹시 서러워하면서 울었다.

예고 없이 아버지가 벌떡 일어섰고 지레 놀란 엄마와 나는 몸을 움찔했다. 핏발이 선 아버지의 눈이 붉었다. 뱀처럼 붉은 눈. 그럴 때 아버지는 언제 터질 줄 모르는 시한폭탄이 되었다. 도화선. 심지에 불을 붙이는 것은 언제나 다른 사람의 울음소리인 것 같았다. 하지만 그날 아버지는 터지지 않았다. 그저 불붙은 심장을 꼭 끌어안은 채 백사장으로 내려갔다. 나 역시 그 자리에 있고 싶지 않았는데, 더는 고모의 울음소리를 들을 수 없었기 때문이다. '정작 울 사람은 따로 있는데.' 나는 그 생각을 했던 것 같다. 하지만 엄마는 그저 난감한 표정으로 고모를 달래느라 맥줏병이 쓰러진 줄도 모르고 있었다. 맥주가 흘러

나와 엄마 옷을 적시는데도 다들 각자의 이야기만 하느라 정신이 없었다. 어찌 되었건 나도 조용한 곳을 찾느라 해변가로 갔다.

그리고 나는 해변 끄트머리에서 뒷짐을 쥐고 서 있는 아버지를 보았다. 나는 그쪽으로 가지는 않았고 파라솔이 꽂힌 자국이 남아 있는 모래사장에 주저앉아 신발 속으로 들어온 모래를 털었다. 모래는 발바닥과 발가락 사이사이에서 끝없이 나왔다. 모래를 다 털어낸 뒤에는 아무 생각 없이 그냥 거기 앉아 있었다. 순간 내가 언젠가 이와 비슷한 장면을 본 적 있다는 생각이 들었다. 기시감. 그런 적이 종종 있었고 그때마다 내가 똑같은 삶을 계속 반복해서 살아가는 저주에 걸렸는지도 모른다고 생각했다. 한 번 살 때마다 이전의 기억이 지워지는데, 어떤 기억은 부스러기처럼 가라앉아 있다가 불쑥 솟아오르는 것이 아닐까 생각했다.

그 기억 속에서 아버지는 파도를 보고 있었다. 한없이 밀려드는 파도를 바라보고 또 바라보았다. 파도가 밀려나간 자리에는 반쯤 쪼개진 조개껍데기와 젖은 해초들, 그리고 불가사리가 남아 있었다. 불가사리는 아버지 발밑에 있었다. 그것은 빛을 잃어버린 별처럼 생겼다. 아버지가 그것을 주워들었다. 손바닥 위에 올려놓고 이리저리 뒤집어보았다. 그러고는 그것을 손에 쥔 채 뒤돌아 걷기 시작했다.

햇볕이 너무 뜨거워서 나는 눈을 찡그렸다. 아버지가 내 쪽

을 향해 걸어오는 것을 알았지만 몸이 늘어져서 일어날 기운
조차 없었다. 그렇게 계속 한쪽 눈을 찡그린 채로 아버지가 가
까이 다가오는 것을 무력하게 보고 있었다. 어느 순간 커다란
그림자가 내 얼굴 위로 드리워졌다.

"손 내밀어봐."

아버지의 말에 나는 손을 내밀었다.

"죽지는 않은 것 같아."

아버지는 내 손바닥에 불가사리를 올려놓았다. 나는 엉겁결
에 받아들고 아버지를 빤히 올려다보았다. 아버지 역시 햇빛
때문에 얼굴을 잔뜩 찡그리고 있었는데, 그 표정이 마치 우는
것도 같았고, 웃는 것도 같았다. 아버지는 나에게 그것을 쥐어
준 뒤 다시 계단을 따라 사람들이 있는 곳으로 올라갔다.

그 순간 절벽 같던 내 마음속에도 동굴이 생겨났다. 암석처
럼 단단한 마음속 어딘가가 약해지면서 서서히 구멍이 뚫린
것이었다. 동굴 안에는 불가사리가 있다. 빛이 나지는 않지만
어쨌든 별처럼 생긴 것이 내 안 깊숙한 곳에 숨겨져 있다.

그러므로 어느 날 파도가 밀려온대도 당신은 물러서지 않
기를, 파도치는 해변에 서서 모래뿐인 바닥을 내려다보기를
나는 바란다. 그러면 어느 날인가는 당신도 젖은 발밑에서 별
모양의 불가사리를 발견할 수 있을 것이다.

20

병실에 누워 있던 아버지의 얼굴을 처음 보았을 때가 기억난다. 이미 말했듯 나는 그 일이 나와는 무관한 것처럼 느껴졌다. 그저 멀리 산다는 이유로 엄마와 언니에게 모든 일을 미루고 있었다. 그러던 중에 엄마가 구조 요청을 보내왔다. 언니도 더는 연차를 쓸 수 없다고 말했다.

"야." 언니는 지친 것 같았다. "너는 자식 아니냐?"

나는 미안하다고 말했다.

금요일인가 토요일 늦은 오후였을 것이다. 6인용 병실 문 앞에서 아버지의 이름을 확인한 뒤 안으로 들어갔다. 양쪽 벽에 각각 세 개의 침대가 놓여 있었고 침대 사이 통로는 비좁았다. 창가 쪽에 놓인 침대 두 개는 비어 있었고 나머지 침대 위에는 환자복을 입은 사람들이 베개를 등에 대고 비스듬히 앉아 있거나 누운 채로 텔레비전을 보고 있었다. 나는 처음에는 아버지를 찾지 못해 도로 병실 밖으로 나와 이름을 재차 확인했다. 그리고 다시 들어갔을 때는 사람들이 나를 쳐다보는 시선이 느껴져 괜스레 얼굴을 붉혔다. 문득 내가 잘못 찾아온 것은 아닐까 하는 생각이 들었다. 나는 도로 밖으로 나가려고 했다. 그러다가 입구 쪽 침대 위에 누워 있는 아버지를 발견하고 걸음을 멈추었다. 나도 모르게 입이 벌어졌다. 아버지 모습이 너무나도 변해 한눈에 알아보지 못했던 것이다.

아버지는 잠들어 있었다. 아버지의 감은 눈은 퀭하게 꺼져 있었고 양쪽 뺨은 홀쭉했다. 머리카락은 완전히 백발이었다. 그 전에는 염색하지 않은 모습을 본 적이 없었기에 하루아침에 갑자기 늙어버린 듯한 아버지를 보고 당혹감을 느꼈다. 나는 생각했다. '저게 아버지였구나…… 저 얇은 피부 속에 감춰져 있던 가느다란 뼈들이 아버지라는 존재를 간신히 지탱하고 있었던 거구나.' 어찌 보면 그것이 존재의 핵심인지도 모른다고 생각했다. 우리 존재가 그저 크고 작은 뼈들로 구성되어 있는 취약한 구조물에 불과한지도 모른다는 생각을 하고 있을 때 아버지가 눈을 떴다. 아버지와 눈이 마주쳤다. 언제나 붉은 핏발이 서 있었던 두 눈이 뜻밖에도 맑았다.

"아버지, 나 왔어……."

뭐라고 인사해야 할지 몰라 간신히 우물거렸다. 잠에서 깬 아버지 눈이 점점 커지더니 얼굴에 희미한 미소가 번졌다.

"뭐 하러 왔어." 아버지가 머쓱한 표정으로 말했다. "안 와도 되는데."

나는 자연스럽게 침대 앞으로 한 발 다가갔다. 늘 아버지 앞에만 서면 걸음걸이가 이상해지고 심장이 두근거렸는데, 그날은 그러지 않았다. 아버지를 볼 때마다 들던 수치심과 역겨움, 원망의 감정은 들지 않았다. 아버지는 늙고 지쳐 보였다. 그것이 다였다. 모든 것에 서툴렀고 자신의 모자람을 들킬까 봐 전전긍긍하느라 평생 화만 내며 살아온 남자가 링거 바늘을 손등에 꽂은 채 허둥대고 있을 뿐이었다.

내가 아버지를 빤히 쳐다보자 아버지가 당황하는 모습이 느껴졌다. 고개만 이리저리 돌리다가 갑자기 냉장고를 열더니 음료수 하나를 꺼내 내밀었다. 내가 마시지 않겠다고 하자 내민 팔을 슬그머니 거두어들였다. 나는 속으로 '아버지' 하고 불렀다. '아버지, 괜찮아?' 하고 묻고 싶었지만 말이 나오지 않아 머릿속으로만 그 말을 하는 내 모습을 상상했다. 아버지는 무언가 대접해야겠다고 생각했는지 다시 한번 냉장고 문을 열었다 닫았다 했는데, 예전의 모습은 온데간데없고 나에게 친절해지려고 애쓰는 모습이 조금 웃기기도 했다.

문득 아버지와 이야기를 해야겠다는 생각이 들었다. 그것이 무슨 말이든 그냥 일상적인 대화를 나누어보고 싶었다. 내가 조용히 "아버지" 하고 부르자 아버지가 나를 쳐다보았다. 나도 아버지를 바라보았다. 겁먹은 채 할말을 잃은 듯한 아버지의 표정을 보니 아무 말도 할 수 없었다. 나는 고개 숙인 채 흐트러진 침대 시트를 정리하기 시작했다. 아버지는 일어나 앉아 있었는데, 내가 시트를 정리하는 동안 조용히 나를 쳐다보는 시선이 느껴졌다. 그 순간 나는 분명히 알았다. 이 사람이 바로 내 아버지라는 사실을. 그 사실을 잊은 적이 단 한 번도 없었다는 것이 나를 슬프게 했다. 내가 성인이 된 이후로 아버지와 단둘이 있어본 것은 그때가 처음이었고 (1시간도 채 지나지 않았겠지만) 그렇게 오래 아버지를 볼 시간이 다시는 없을 것이라는 생각이 들었다.

나는 그 상황을 견딜 자신이 더는 없었고 그래서 자꾸만 시계를 보는 척했다.

"바쁠 텐데."

아버지가 말했다.

"차 막히기 전에 어서 가봐."

나는 다음에 또 오겠다고 말한 뒤 서둘러 병실을 나왔다.

며칠 뒤 나는 언니와 통화하면서 말했다.

"아버지가 아닌 것 같았어."

단지 몸무게가 빠졌다는 말을 하려는 것이 아니었다. 아버지라는 존재의 성분이 완전히 바뀐 것 같았는데, 그 사실을 어떻게 설명해야 좋을지 몰랐다.

"완전 다른 사람 같지?"

다행히 언니는 알아들은 것 같았다.

"처음 보는 표정을 짓더라."

"그러게 말이야. 아버지가 그렇게 순해 보일 수가 있다니."

순간 많은 생각이 스쳐지나갔다. 우리를 뿌리부터 붙들고 있는 것 같던 아버지의 분노로부터 갑작스레 떨어져나온 듯한 느낌이 들었다. 각자의 잘린 팔을 들고 어리둥절해하는 사람들처럼 언니와 나는 한동안 횡설수설했다. 각자의 이야기만 할 뿐 우리는 서로의 이야기는 듣지 않았다. 마침내 길고 긴 통화 끝에 내가 말했다.

"언니, 아버지도 사는 게 너무 어려웠겠지?"

나는 그런 말로 아버지의 인생을 이해하는 척했다.

"어렵지. 사는 건 어려워. 누구에게나."

언니가 말했다.

나는 말 없이 고개를 끄덕였다.

'이제 됐어.'

누군가 내 귀에 대고 그렇게 속삭이는 듯했고 그 순간 내 안에서 무언가가 빠져나간 것 같았다.

내 걱정은 이 글이 아버지를 실제보다 미화한 것은 아닐까 하는 점이다. 나는 죽음을 통해 삶을 미화하는 그런 이야기는 절대로 쓰지 않겠다고 다짐했지만 어쩌면 나도 모르는 사이 이 이야기에 아버지의 실제 이미지와 허구의 이미지가 뒤섞였을지도 모른다. 그러므로 만일 아버지에 대해 더 진실한 이야기가 있다면 그것은 내가 쓰지 않은 부분에, 포착할 수 없는 시간 속에 남아 있을 것이다.

그리고 어느 날은 병원에 있던 아버지가 친척들의 방문에 당황해하는 모습이 떠올랐다. 그들은 환자용 두유나 음료수를 들고 찾아왔는데, 아버지는 사람들의 병문안을 무척 힘들어했으면서도 그들이 오면 결국에는 미안하다고 말했다. 그러면 사람들은 그가 무엇을 미안해하는지 알았고 울면서 치료 잘 받기를 바란다고 말했다. 아버지는 엄마한테도 미안하다고 말했다. 그리고 우리한테도.

아버지가 자신을 찾아오는 사람 모두에게 사과했다는 사실이 내 마음을 무척이나 아프게 했다. 그 말속에 아버지의 평생이 담겨 있는 것 같았기 때문이다. 결국 우리가 죽을 때 하는 말이 우리가 누구였는지를, 어떻게 인생을 살아왔는지를 말해주는 것 같다.

21

어느 수요일 아침, 언니가 일찍부터 전화해 지금 엄마 집으로 가고 있다고 했다.

"아버지가 숨을 안 쉬는 것 같대."

언니는 울고 있었고 목소리도 떨렸다. 그리고 곧바로 엄마에게 전화가 걸려왔다.

"새벽까진 괜찮았는데."

전화기 너머로 엄마가 두려워하는 것이 전해져 나는 마음이 아팠다.

"지금 구급차가 오고 있대."

나는 곧 가겠다고 말한 뒤 전화를 끊었다. 전날 새벽 늦게까지 일하느라 잠을 자지 못했지만 내 정신은 그 어느 때보다도 또렷했다. 나는 처음으로 아버지의 죽음을 실감했다. 그리고 곧 숨이 멎으리라는 사실도. 나는 곧장 기훈에게 전화했다. 기훈이 학교에 간 예나를 데리고 오기로 했다. 그러는 중에도 나는 거기서 며칠이나 있어야 될지 따져보느라 달력을 펼쳤다.

짐을 싸는 동안 언니에게 또 전화가 걸려왔다. 언니는 계속 울었다. 엄청나게 큰 소리로 울면서 지금 병원에 도착했다고 말했다. 그리고 아버지 심장은 완전히 멈추었다. 이제 언니는 제정신이 아닌 것 같았다. 갑자기 전화기를 아버지 귀에 대주더니 옆에서 이렇게 외쳤던 것이다. "아버지, 해주야! 해주 목소리 들려?" 나는 당황해서 아무 말도 할 수 없었다. "말했니? 아버지한테 말했어?" 대체 무슨 말을 하라는 것인지 언니는 계속해서 그렇게만 외쳐댔다. 아무튼 나는 그 모든 상황이 연극적이라고 생각했는데, 내가 아직 그들과 멀리 있었기 때문일 것이다. 때마침 의사가 도착했는지 부산스러운 소리가 들려왔다. 그리고 전화가 끊겼다. 나는 언니의 엉뚱한 행동에 당황했지만 그보다 더 놀라웠던 점은 언니가 진심으로 슬퍼하고 있다는 사실이었다. 언니는 절대로 꾸며낼 수 없는 목소리로 슬피 울면서 이미 숨을 거둔 아버지에게 멀리 있는 자식의 목소리를 들려주려고 애썼다. 하지만 그때 내 걱정은 내가 울지 못하면 어쩌나 하는 점이었다. 아버지가 죽었다는 사실이 하나도 슬프지 않았던 것이다.

우리가 장례식장에 도착했을 때는 다행히 언니와 엄마도 멀쩡해 보였다. 아침에 울었던 기색은 남아 있었지만 차분히 문상객들을 맞이하고 있었다.

"왜 이렇게 늦었어."

언니는 그 말만 하고 나에게 옷을 갈아입으라고 했다. 기훈은 언니의 남편을 도와 이런저런 일을 처리하느라 바쁘기 시작했고 예나는 제 사촌 언니만 졸졸 따라다녔다.

"너무 썰렁하면 어쩌지."

언니는 사람들이 많이 오지 않을까봐 걱정했고 나는 계속해서 내가 울지 못할까봐 걱정이었다. 다행히 찾아오는 사람들이 있었다. 대부분 엄마의 친구들이거나 지인들이었고 드물게 아버지 쪽 친척들도 찾아왔다. 늦은 저녁에는 형부가 다니는 직장에서 사람들이 많이 몰려와서 언니 기분이 좀 나아진 듯했다.

밤늦게 큰집 형제들이 큰어머니를 모시고 문상을 왔다. 언니와 엄마가 그들을 살갑게 맞이했고 나는 약간 뚱한 얼굴로 고개만 끄덕였다. 그리고 아버지의 남동생과 그의 아내가 왔다. 뭐랄까. 그때 나는 우리와 인연을 끊다시피 했던 친척들 앞에서 우리가 끝내 버텨냈다는 이상한 우월감 같은 것을 느꼈다. 당신들이 모르는 척하는 동안 우리가 살아낸 시간이 있었고 우리가 끝내는 자라서 당신들과 같은 어른이 되었다는 사실에 안도했다.

"세상에, 길에서 마주치면 몰라보겠네."

사람들이 돌아갈 때쯤 고모가 와서 언니와 내 손을 꼭 붙잡았다.

"고모……!" 언니가 말했다. "왜 이렇게 늙었어!"

고모는 웃는 것도, 우는 것도 아닌 표정으로 "그럼 늙지, 늙는 게 당연하지" 하고 말했다. 그런 다음 고모는 엄마 손을 잡고 우는 소리를 냈다. "아이고, 불쌍해라. 불쌍해서 어떡해……." 누가 그렇다는 것인지 모르겠지만 고모는 계속 그 말만 했다. 그러고 나서 고모는 아버지의 형제들, 그러니까 자신의 형제와 그 자식들이 모여 있는 테이블에 가서 앉았다.

나는 빈소 앞에 서서 한동안 그들을 바라보았다. 죽음 앞으로 모여드는 사람들. 그들은 서로의 과거를 상기시키는 얼굴들이었고 이제는 한자리에 모여 앉아 지나간 일을 회상하고 있었다. 하지만 그날의 주인공이었던 아버지는 우리와 무관한 얼굴로 사진 속에서 웃고 있었다. 문득 우리 인생이 너무나도 짧다는 생각이 들었다.

이튿날 아침에는 장례식장 직원들이 우리를 영안실로 안내했다. 영안실은 교회처럼 길고 딱딱한 의자가 여러 개 놓여 있었고 몹시 서늘했다. 그때까지도 나는 눈물 한 번 흘리지 않았기 때문에 조금 긴장했다. 몇몇 친인척이 우리 뒤를 따라왔는데, 그 때문에 내가 울지 못할까봐 더욱 신경이 쓰였다. 검은색 정장을 갖추어 입은 장례지도사가 예배를 드리겠냐고 물었다.

엄마 쪽 친척 중 한 명이 그러겠다고 대답해서 우리는 얼떨결에 짧은 예배를 드린 뒤 기도하게 되었다. 누군가 기도 중간에 "아멘" 하고 외쳐서 내가 팔꿈치로 기훈의 옆구리를 쿡 찔렀다. 기훈은 엄격한 표정으로 나를 쳐다보았다. 사실 그 모든 형식이 나에게는 우스꽝스럽게만 느껴졌는데 그런 상황에서조차 내가 그렇게 느낀다는 사실 때문에 나는 내가 좀 이상한 사람인가 하고 생각했다.

마침내 안치실 문이 열렸다. 두 명의 장례지도사가 매우 정중한 태도로 서서 사람들을 맞이했다. 언제부터인가 나는 계속 떨고 있었다. 내가 너무 추워했기 때문에 기훈이 자신의 윗옷을 벗어 내 어깨 위에 걸쳐주었다. 음악이 흐르는 안치실은 바깥보다 온도가 더 낮았고 이제는 뼛속까지 한기가 느껴졌다. 곳곳에서 사람들이 흐느끼는 소리가 들려왔고 내 몸은 어금니가 딱딱 부딪칠 정도로 심하게 떨리기 시작했다.

아버지는 사물처럼 그곳에 누워 있었다. 아직 관 속에 들어가지는 않았고 무슨 철판 같은 곳에 누워 있었다. 두 손은 서로 포개진 채 아랫배 위에 놓여 있었다. 삼베옷을 입고 있어서인지 무척이나 옛날 사람 같다는 생각이 들었다.

우는 소리를 내느라 잔뜩 찡그린 표정의 엄마가 누워 있는 아버지를 향해 다가갔다. 엄마는 아이고밖에 할 줄 몰랐다. 나중에는 엄마의 아이고 소리가 배경으로 흐르는 피아노 소리와 어우러져 엄마가 내심 박자를 맞추고 있는 것이 아닐까 하는 생각이 들 정도였다. 나는 문가에 선 채 친척들이 아버지 근처로 가는 것을 쳐다보았다.

"자, 좀더 가까이 오셔도 됩니다. 마지막이니 한 번 만져드리세요."

장례지도사가 장갑 낀 손으로 우리를 안내했다. 언니가 멈칫거리더니 아버지 발끝에 살짝 손을 댔다. 처음에는 발가락 끝부분에 손만 대는가 싶더니 나중에는 손바닥으로 발 전체를 슬며시 쓰다듬었다. 그 모습을 본 엄마도 아버지의 무릎 위에 슬그머니 손을 얹으면서 뭐라고 웅얼거렸다.

"이제 고인이 듣고 계신다 생각하시면서 마지막으로 사랑한다고 말해주십시오."

어찌할 바를 모르고 서 있던 나는 그제야 황급히 아버지 곁으로 갔다. 내 손끝이 아버지의 팔에 살짝 닿았다 떨어졌다.

"사랑……."

나는 내가 잘못 들은 줄 알았다. 슬퍼하는 표정을 짓느라 고개 숙이고 있던 나는 누군지 보려고 조용히 눈을 치켜떴다. 그러자 또 한번 그 소리가 들렸는데, 이번에는 정확히 사랑한다는 말로 들렸다. 목소리가 꽤 컸기 때문에 나는 단번에 그 목소리의 주인이 언니라는 것을 알았다.

나는 계속 몸을 떨며 서 있었다. 천장이나 벽면 어딘가에서 은은하게 새어나오는 찬기가 뼈에 콕콕 박히는 듯했다. 그곳은 너무 추웠지만 그 정도로 추운 곳에서는 살아 있는 사람의 심장은 얼지 않았다.

나는 여밀 곳도 없는 상복을 움켜쥔 채 몸을 벌벌 떨었다. 내 옆에서 은은하게 뜨거운 김을 내뿜는 것 같던 늙은 고모가 갑자기 내 어깨에 얼굴을 묻고 울었다. 마치 그것이 신호인 양 나는 몸을 움찔거렸다. 그리고 느닷없이 울기 시작했다. 내 심장에도 피가 돌기 시작한 것이다. 울면서 나는 내가 평생 그렇게 울고 싶어했다는 사실을 깨달았다.

"이제 입관하겠습니다."

그렇게 아버지는 몸이 들린 채 관속에 눕혀졌다. 장례지도사들이 묵직해 보이는 뚜껑을 닫았다. 어린 시절 허벅지까지 오는 장화를 신고 온종일 똥밭을 오가며 거대한 똥 무더기를 퍼내야 했던 남자의 이야기는 그렇게 끝이 났다. 영원할 것만 같던 이야기도 언젠가는 끝이 나는구나라고 생각했고 동시에 한 시절이 끝났음을 알았다. 밖으로 나와서도 눈물이 멈추지 않았는데, 그것은 한 번도 내 것이라고 생각해본 적 없었던 내 유년을 향한 애도의 눈물이었다. 하지만 그것은 내 것이었다. 다른 누구의 것도 아닌.

모든 절차가 끝난 뒤 우리는 밖으로 나왔다. 흐느낌은 여기저기서 멈추지 않고 계속되었다. 나 역시 눈물이 멈추지 않았는데, 그 순간 내가 울고 있다는 사실에 약간 도취되어 있었다.

"마음껏 울어라. 그래야 맺힌 게 없지."

누군가 내 어깨를 붙들고 그렇게 말했는데 그는 내가 얼굴도 기억 못 할 만큼 먼 친척들 중 한 명이었고 그 역시 훌쩍이고 있었다.

"언니, 내가 기도했으니까 틀림없이 좋은 곳으로 가셨을 거야. 앞으로도 계속 기도할게."

그 말을 한 사람은 사촌 여동생이었다.

"너 교회 다녀?"

내가 코맹맹이 소리로 묻자 울어서 눈이 퉁퉁 부은 동생이 약간 쑥스러운 듯 고개를 흔들었다.

"교회 안 다녀도 기도는 할 수 있어 언니."

나는 어이없는 웃음을 터뜨렸고 그렇게 우리는 울다가 웃으며 사람들이 모여 있는 빈소로 돌아갔다.

삶이 좋은 이유는 내가 울 때 누군가 같이 울어줄 사람이 있기 때문이고 자신은 신을 믿지 않으면서도 다른 사람을 위해 기꺼이 기도하는 사람이 있기 때문일 것이다.

시간이 흐른 뒤에는 나도 평소처럼 밥을 먹고 카페에서 사람들을 만나거나 예나를 학교에 데려다주느라 정신없는 하루를 보냈다. 그러다가도 문득 보이지 않는 손이 내 심장에 묶인 끈을 천천히 잡아당기는 느낌이 들었다. 그러면 나는 이끌리듯 발걸음을 멈추고 뒤를 돌아보곤 했다. 거리에 아무도 없고 나만 혼자 서 있는 것 같을 때면 심장을 도둑맞은 것처럼 허탈했다.

그렇게 잃어버린 물건이 무엇인 줄도 모르는 채로 계속해서 그것을 찾아 헤매는 어린아이처럼 나는 산만해졌다. 그렇지만 무언가 잃어버렸다는 느낌은 남아 있었기에 나는 그것을 그리워하기까지 했다. 한 번도 가져본 적 없고 제대로 알지 못했기에 너무나도 그리운 그것을 무엇이라고 불러야 좋을지 여전히 모르겠다.

그리고 최근에는 언니가 나에게 전화해 아버지 꿈을 꾸었다고 말했다. 아버지가 꿈에 나오면 언니에게 반드시 좋은 일이 생긴다고 했다. 이번에는 생각지도 못한 큰돈이 들어왔고 언니는 그 돈으로 엄마와 여행을 갈까 생각중이라고 했다. 어찌 되었든 살아 있는 우리는 계속해서 꿈을 꾼다. 그리고 가끔은 꿈에서 죽은 자를 본다. 그들은 예언자다.

22

이것은 아주 오래전 이야기다.

나는 목적 없이 거리를 돌아다녔다. 학교를 졸업한 지 오래
였지만 취직은 하지 않았고 생계를 위해 가끔씩만 일했다. 나
를 찾거나 내가 찾아간 친구들은 모두 나와 같은 처지였다. 우
리는 둘이나 셋 혹은 넷이 될 때도 있었지만 대개는 세 명 정
도로 늘 수가 맞추어졌다. 그들은 고향이 충청도거나 강원도
어디쯤이었는데 하나같이 고향으로 돌아가고 싶지 않다고 말
했다. "차라리 죽고 말지." 누군가 그렇게 말했고 우리는 동의
했다. 우리는 우리가 태어나 자란 곳으로 돌아가는 것을 인생
의 실패로 여겼다.

그 시절의 나에게는 삶이 밤으로만 존재했다. 친구들과 새벽까지 마시는 술과 그들이 겪은 특별할 것 없는 이야기들 속에, 취한 정신으로 내다보는 겨울밤의 쌓인 눈 속에만 있었다. 나는 정착하지 않았고 인생에 특별한 비전도 없었다. 하지만 큰 소리로 웃거나 박수치면서 늦은 밤거리를 돌아다니는 일이 두렵지 않았다. 때로는 24시간 운영하는 비디오가게에서 옛날 영화를 보기도 했다. 영화—특히 아이들이 나오는 영화—에서 슬픈 장면이 나오면 서럽게 훌쩍거리다가도 우스운 장면이 나오면 다시 큰 소리로 웃었다. 나는 혼란스럽고 불안정했으며 변덕이 심했다. 늘 다른 사람의 애정을 갈망하면서도 누군가 나에게 호감을 보이면 겁을 집어먹고 뒤로 물러섰다. 그에게 일부러 못되게 굴면서 나를 얼마나 좋아하는지(혹은 미워하지 않는지) 시험해보기도 했다. 그들이 떠나면 나는 그럴 줄 알았다는 듯이 쓴웃음을 지었고 아직 떠나지 않았을 때도 언젠가는 떠날 것이라고 굳게 믿었다. '시간문제야.' 나는 그렇게 생각했다. 나는 언제든 내가 머무는 곳에서—그것이 사람이든 장소든—즉시 떠날 준비가 되어 있었다.

이따금 내면의 문이 저절로 조금 열릴 때가 있었고 열린 문틈으로 내 부모의 무표정한 얼굴과 내가 보고 자란 풍경들이 비치기도 했다. 그럴 때 마음 깊은 곳에서는 차라리 내가 고아였으면 하는 생각이 들었다. 그럴 때가 아니면 집에 대해서는 거의 생각하지 않았다. 그곳은 내가 돌아갈 곳이 아니었다.

하지만 가끔 미래에 대한 불안이 안개처럼 내면의 풍경을 가득 채울 때가 있었는데, 그럴 때면 아직 결혼하지 않은 두 친구와 함께 술을 진탕 마시고는 미래라는 단어를 쉽게 잊었다. 나에게 미래는 기억하기와 망각하기 어디쯤에 있었고 빗물에 지워진 글씨처럼 흔적만 남은 단어였다. 우리는 젊었기에 용기가 있었고 때로는 너무 과해 무모한 짓도 서슴지 않았다. 이를테면 한 친구는 당장 다음달 월세를 낼 돈이 없으면서도 자신이 가르치던 학생들을 향해 더는 못 하겠다고 소리쳤다. 그 친구는 다시는 학원에서 아이들을 가르치는 일은 하지 않겠다고 선언했다. 그러고는 내 자취방으로 짐을 싸 들고 온 뒤 자신은 이제 무엇을 해서 먹고살아야 할지 모르겠다며 펑펑 울었다. 연극영화과를 졸업한 또다른 친구는 매일 연극 무대 뒤편에서 부서진 의자를 수리하거나 배우들이 입는 의상의 뜯긴 봉제선을 바늘로 기우면서 시간을 보냈다. 그는 자신에게 재능이 있는지 없는지 확인하고 싶어했는데, 기회가 쉽게 오지 않는다며 원통해했다.

"이것 봐. 이 사람이 완전 족집게래."

어느 날 배우가 꿈인 그 친구가 우리에게 명함을 보여주면서 점을 보러 가자고 했다. 오랜 무명이었던 친한 배우가 시청에 취직한 뒤에 준 것이라고 했다.

"내 미래를 알면 포기가 쉬울 것 같아."

그는 말했고 우리는 당장 가보자고 했다.

우리는 차가 없었기 때문에 지하철을 타고 터미널로 갔다. 초가을이었지만 한낮에는 아직 더웠기 때문에 우리는 목적지에 이르기도 전에 지쳐 있었다.

"이렇게까지 해야 하는 건가."

실직한 친구가 그렇게 말했고 배우가 꿈인 친구는 이렇게라도 해보자고 말했다.

"좋아. 해보는 데까진 해보자고."

우리는 즉시 한마음으로 움직였다. 우리에게는 우리 스스로를 납득시킬 만한 이야기가 필요했는데, 어떤 사람들은 포기하기 위해, 단념하기 위해 미래를 궁금해하는지도 모른다고 생각했다.

이제 막 신의 계시를 받기 시작했다는 무당을 만나기 위해 우리는 2시간이나 차를 탔다. 차에서 내린 뒤에는 택시를 탔다. 실직한 친구가 돈이 아깝다고 말했는데, 진심으로 하는 말은 아닌 듯했다. 그 친구가 제일 지쳐 보였기 때문이다. 연극판에 있던 친구가 주소를 불러주었다. 나이가 지긋해 보이는 운전기사가 내비게이션에 주소를 입력하는 것을 보고 나는 좀 창피함을 느꼈는데, 아마 우리가 아직 젊었기 때문인지도 몰랐다. 택시는 30분을 달려서 어느 산골짜기 입구에 우리를 내려주었다.

"좀 무섭긴 하다."

우리에게 명함을 보여준 친구가 말했다. 우리는 말 없이 산

길을 따라 걸어서 올라갔다. 더는 길이 없을 것 같은 곳에 다다랐을 때 붉은색과 파란색 깃발이 꽂혀 있는 집 한 채가 보였다. 우리가 가까이 다가갔을 때 마당에 묶여 있던 큰 개가 우리를 향해 짖기 시작했다. 우리는 얼어붙은 채 그대로 서 있었다.

"사납기만 하지 물지는 않아."

등뒤에서 들려오는 말소리에 우리 셋은 깜짝 놀랐다. 뒤를 돌아다보니 우리보다 나이가 한참은 어려 보이는 여자가 쪽을 진 머리를 하고 서 있었다. 그는 우리를 앞질러 걸어가더니 문을 열고 안으로 들어갔다.

"나 보러 온 거 아니야?"

우리가 잠자코 서 있기만 하자 여자가 버럭 큰 소리로 말했다. 우리는 쪼르르 앞으로 걸어나갔다.

우리는 방석이 깔린 좁은 방 안에 앉았다.

"자, 누구부터 볼래?"

어린 무당은 우리의 영혼까지 꿰뚫어보는 듯한 시선으로 말했다. 우리는 서로 눈치를 보다가 배우가 되고 싶어하는 친구 등을 떠밀었다. 무당은 작은 항아리에 든 쌀알을 책상 위에 흩뿌리더니 눈을 게슴츠레 뜨고 그것을 신중히 헤아렸다.

"너는 빛이 나는 곳에 있어야 돼."

이윽고 무당의 입을 통해 그 말을 들었을 때 친구는 안도하는 것 같았다.

"그런데 지금은 때가 아니네."

친구는 울 것 같은 표정으로 고개를 끄덕였다.

"걱정 마, 기다리면 돼. 근데 당분간 결혼은 어렵겠다. 결혼하면 속만 탄다고 그러셔. 누구를 만나든 그럴 거래. 그러니 한 번 떠난 남자한테 미련을 갖지 말라신다. 기다리지도 말고 정을 주지도 마."

바로 몇 주 전에 오래 사귀었던 남자친구와 헤어진 친구는 한 번은 웃었다가 한 번은 찡그렸다가 하면서 완전히 몰입했다. 신의 계시를 전할 때마다 무당의 한쪽 얼굴이 경련하듯 떨렸다.

그런 다음 무당은 실직한 친구에게 이렇게 말했다.

"너는 말하는 사람이야. 평생을 말로 벌어먹고 살아야 한다고 우리 할머니가 그러신다."

내 친구가 실망하는 것 같자 그는 깃발을 하나 뽑아보라고 말했다. 친구는 다섯 가지 색깔의 깃발 중 하나를 뽑았다. 붉은색 깃발이었다.

"보자…… 내후년쯤에는 뭐가 오긴 오는데."

무당이 말했다.

"뭐가 와요?"

친구가 묻자 그가 눈을 게슴츠레 뜨고 말했다.

"대운이 온다고."

친구 얼굴이 환해졌다.

"아이고, 주변에 아무도 없구나."

이번에는 내 차례였고 어린 무당은 나에게 그렇게 말했다.

"천상 범이야⋯⋯."

나는 알 것도 같고 모를 것도 같아서 잠자코 앉아 있었다.

"의지할 사람 없어도 애달파 마라신다. 숲속 호랑이는 혼자서 사냥감을 찾으러 다니는 법이니."

나는 묵묵히 앉아 있었다. 내 삶을 설명해줄 말이 그의 입에서 좀더 흘러나오기를 기다렸지만 그는 내 얼굴을 빤히 쳐다보며 아리송한 표정을 지을 뿐이었다. 결국 나는 지금 하고 있는 일을 계속해도 될지 물어보았다. 그는 신이 하는 말을 들으려고 귀를 기울이는 시늉을 했다.

"열쇠가 있는데⋯⋯."

그의 왼쪽 얼굴이 순간적으로 일그러졌다가 펴지기를 반복했다.

"문이 안 열리나보네."

"치, 돈만 아깝다."

우리는 산길을 내려오면서 총 얼마를 썼는지 계산해보았고 손해라는 생각이 들었다.

"때가 온다니. 그런 말은 나도 할 수 있겠다."

실직한 친구가 말했다.

"가만 보면 인생이 다 그런 거 아니냐. 생각해보면 기다리는 게 전부잖아."

배우가 꿈인 친구가 말했다. 나는 그곳에 간 것을 후회하면서 계속 앞만 보고 걸었다.

그후 우리는 각자의 삶을 이어가느라 한동안 연락을 못 하고 지냈다. 그러다가 우연히 다른 친구의 돌잔치에서 그때 함께 산에 올라갔던 친구를 만났는데, 한때 혼자였고 무대 의상을 수선하던 바로 그 친구였다. 그는 조명 기사와 결혼해 아이가 둘이나 된다고 했다. 내가 그때 산에서 들은 이야기를 기억하느냐고 묻자 그가 말했다.

"야, 빛이 너무 많아서 눈이 다 부신다."

우리는 큰 소리로 웃었다.

"그러니 어떤 건 맞고 어떤 건 틀렸어."

그리고 나는 또다른 친구의 소식을 들었는데, 그는 제주에서 혼자 살고 있고 잊어버릴 만하면 가끔 귤을 한 상자씩 보내온다고 했다.

"지금은 대학원에서 사회복지 공부를 하고 있대. 자신은 뒤늦게 머리가 트이는 타입이라면서 공부가 그렇게 재미있다더라."

"결혼은?"

내가 묻자 그가 고개를 흔들었다.

"근데 남자는 많은가봐."

우리는 또 웃었다.

우리가 너무 즐거워하자 다른 친구 한 명이 우리한테 와서 이렇게 말했다.

"야, 너희들. 뭐가 그렇게 재밌어?"

우리는 또 웃기 시작했는데, 아마도 자기가 한 말이 웃겨서 그런다고 생각했는지 그 친구도 같이 웃었다.

'그때 우리에게는 밤이 전부였어.'

나는 웃으면서 생각했다. 그렇게 생각하자 그 안에 있던 사람들의 얼굴이 좀 달라 보였는데, 어쩌면 우리 모두가 가까스로 각자의 밤을 빠져나온 사람들일지도 모른다는 생각이 들었기 때문이다.

집으로 돌아오는 길에는 기훈을 만나 백화점에 들렀다. 시아버지의 생신 선물을 고르기 위해서였다. 조용한 음악이 흐르는 매장 안을 돌면서 나는 오랜 친구에게 들은 이야기를 기훈에게 들려주었다. 기훈은 간간이 웃기도 하고 얼굴을 찡그리기도 하면서 내 이야기를 들었다.

"인생 정말 모른다니까."

기훈이 말했고 나는 정말로 그런 것 같다고 대답했다.

그리고 이제 나는 문이 열리지 않아도 좋았다. 닫힌 문 뒤에 오래 서 있기. 어쩌면 내가 할일은 그게 다였는지도 모른다. 잠겨 있는 문을 열 수는 없지만, 그렇기에 내 열쇠는 오직 열쇠로만 존재할 수 있을 것이다. 나는 문을 뒤로한 채 앞으로 나아갈 것이다. 호수에 열쇠를 던져버리고 가벼워질 것이다. 맨발로 호숫가 근처를 돌면서 내가 아직 열지 않은 문 저편에 작고 마른 여자아이가 앉아 있음을 느낄 것이다. 언젠가 그 여자아이가 나에게 바깥 풍경이 어떠냐고 물으면 나는 호수 아래 무엇이 숨겨져 있는지 말할 수도 있을 것이다. 또 나는 나무들의 키가 얼마만큼 큰지, 구름이 어떻게 흘러가고 바람은 어디서 불어오는지도 말할 것이다.

그러고 난 뒤에는 숲속 호랑이처럼 혼자 어슬렁거릴 것이다. 어차피 우리는 혼자다. 어차피 삶은 어려운 것이다. 하지만 나는 살아가고 있다. 언제나 이렇게.

23

    어릴 때 예나는 자신이 태어나던 순간을 내가 묘사하는 것을 듣기 좋아했다. 엄청나게 많은 사람의 축하를 받으면서 시작되는 그 이야기는 그 아이가 내 뱃속에서 콩알보다 작았을 때로 거슬러올라가곤 했다.

    "한때 너는 내 안에 든 심장이었어."

    나는 늘 그렇게 시작했다.

    "너는 처음에는 아주 작았지만 시간이 갈수록 커져갔고 네가 내 안에서 점점 자라나는 모습을 보려고 병원에 갈 때마다 아빠가 내 손을 꼭 붙잡아주었지. 처음에 너는 씨앗보다 작았단다."

나는 계속 이야기했고 예닐곱 살의 예나는 손으로 턱을 괸 채 조용히 내 말을 들었다.

　"그다음에는 씨앗만해졌고 또 그다음에는 꼭 병아리콩 같았지. 아니 강낭콩 같았나? 아무튼. 의사가 처음으로 네 심장 소리를 들려주었을 때 옆에서 그걸 듣고 있던 아빠와 눈이 마주쳤어. 그 놀라워하는 눈빛을 네가 보았다면 좋았을 텐데. 아빠는 미국 드라마에 나오는 여자처럼 '오' 하고 외쳤는데, 그게 웃겨서 엄마는 한참을 웃었어.

　그 박동 소리.

　얼마나 힘찼는지 몰라.

　얼마나 울림이 크던지. 얼마나 살아 있던지.

　그때 엄마는 그 소리를 기억했다가 나중에 너한테 꼭 이야기해주겠다고 다짐했어.

　살면서 딱 한 번 내 안에 두 개의 심장을 가진 적이 있다고. 그중 하나는 바로 너였다고.

　어떤 이야기는 그렇게 아주 작은 박동소리로 시작되지만 나중에는 그 소리가 멀리까지 나아가기도 한다고."

　"에이 엄마, 그 정도는 아니었어."

　그러면 예나는 작은 어깨를 으쓱거리며 마치 태어나기도 전의 일을 기억한다는 듯이 그렇게 말했다.

　"못 믿겠으면 아빠한테 물어봐. 엄마 말이 맞는다고 할걸."

"너는 7시간이나 엄마를 힘들게 했는데, 막상 세상에 나오자 잠잠해서 깜짝 놀랐어. 그러다 얼마 안 있어 갑자기 큰 소리로 울음을 터뜨렸지. 마치 '엄마, 나 여기 있어!' 하고 외치는 것처럼."

내가 예나에게 그런 이야기를 하는 동안 어떤 밤은 그렇게 조용히 지나갔다.

24

어느 날인가는 내가 운전하는 차에 엄마와 언니가 탔다. 우리는 추모공원에 다녀오는 길이었는데, 그곳에 가면 엄마 마음이 편안해진다고 했다. 공원은 산세가 좋고 시야가 확 트이는 곳에 위치해 있었는데, 비교적 관리가 잘 되어 있는 편이라 잔디가 깨끗하고 나무들도 튼튼해 보였다. 내가 엄마 집에 내려갈 때마다(그래 봐야 1년에 서너 번뿐이지만) 우리는 소풍을 가듯 그곳에 들렀는데, 위치가 가까웠기 때문에 가능한 일이지 싶었다.

아무튼 그곳에 갈 때마다 엄마는 아버지한테 우리가 하는 일이 모두 잘 되게 해달라고 빌었다. 그러면 나는 피식 웃음이

나왔는데, 죽은 사람이 어떻게 산 사람의 소원을 들어줄까 싶어서였다. 하지만 소망이란 원래 그런 것이 아닐까 싶어 나도 속으로는 내 딸 예나와 기훈의 건강과 행복을 빌었다. 그런 다음 아버지의 이름이 적힌 비석을 물휴지로 닦고 꽃도 새로 바꾸어놓았다.

거기에는 고양이가 살고 있었는데 살이 너무 쪄서 걸음걸이가 몹시 느렸다. 아마도 참배객들이 가져온 음식을 몰래 먹어서 그렇게 되었으리라고 우리는 추측했다. 고양이는 이제 세 마리였고 두 마리는 새끼 고양이였다. 우리는 그 고양이들이 죽은 자의 혼령이거나 최소한 유령과 소통이 가능한 고양이일 것이라고 생각했다. 그래서 고양이들이 땅에 박힌 비석 사이를 지나가면 정중하게 길을 비켜주었다. 그러면 고양이들은 당연하다는 듯 고개를 뻣뻣이 쳐들고 우리 앞을 도도하게 지나갔다.

지박령들. 나는 그 말이 생각났다. 어떤 의미에서는 우리도 땅에 얽매여 있는 영혼들이었다.

엄마가 하도 그 장소를 마음에 들어 해 언젠가 내가 "엄마도 죽으면 이곳에 묻어줄까" 하고 농담처럼 물었더니 엄마는 깜짝 놀라면서 고개를 흔들었다.

"생각만 해도 끔찍하다."

우리는 크게 웃고 난 뒤 마지막으로 절을 했다.

"세상에, 엄마 그때 엄청 어렸네."

집으로 돌아오는 길에 내가 그렇게 말했다. 내가 태어날 무렵에 엄마 나이가 스물서너 살밖에 되지 않았다는 사실이 문득 떠올랐던 것이다. 운전대에 손을 얹은 채로 언니를 보았더니 언니도 나를 쳐다보았다.

"그 나이 때 나는…… 놀러 다니느라 바빴는데. 물론 일도 했지만."

언니가 말했다.

"나는 그때 학교에 다니고 있었잖아. 다른 애들보다 늦게 입학했기 때문에 늘 눈치가 보였어. 내 나이가 너무 많다고 생각했거든."

언니가 나를 쳐다보며 고개를 흔들었다.

"말도 안 돼."

"그러게. 완전 소심해가지고."

엄마에게서는 아직 아무런 반응이 없었다. 룸미러로 보니 도어 포켓에 손을 올려둔 채 계속 창밖만 바라보고 있었다. 그러다가 갑자기 무슨 생각이 떠올랐는지 엄마가 우리 쪽으로 고개를 들이밀었다.

"솔직히……." 엄마 목소리가 작아졌다. "나는 피해자였어."

언니와 나는 놀랐다. 엄마가 뜬금없이 그런 말을 할 줄 몰랐기 때문이다.

"뭐야 갑자기……."

언니가 퉁명스럽게 말했다. 그리고 잠깐 어색한 침묵이 흐른 뒤 우리 세 사람은 동시에 웃음을 터뜨렸다. 너무 웃기고 너무 슬퍼서였다.

"으이구."

이후에는 누구라고 할 것도 없이 그 소리가 입에서 흘러나왔다. 한꺼번에 너무 많은 말이 쏟아져나오려고 했지만 누구 하나 선뜻 입을 여는 사람은 없었다.

나는 룸미러로 엄마 얼굴을 보았다. 엄마는 다시 창밖으로 시선을 던지고 있었다. 조수석에 앉아 있던 언니가 뒤를 돌아보았다.

"엄마, 그니깐 건강해야 돼. 이제는 술도 조금만 마시고."

나는 옆에서 끼어드는 차량의 꽁무니를 쳐다보고 있다가 고개를 살짝만 뒤로 돌렸다.

"어차피 같이 놀 사람도 별로 없어 이제." 엄마가 말했다. "다들 죽거나 요양원에 실려갔거든."

왠지 모르게 눈물이 날 것 같아서 나는 소리 내어 웃었다. 내가 감정을 추스르는 동안 이야기는 어느새 엄마가 집을 나갔던 때로 돌아갔다.

"그땐 아주 마음을 단단히 먹었지. 다시는 안 돌아오려고."

엄마는 내렸던 창문을 올리며 목소리를 높였다. 내가 완전히 잊고 있었던 그 이야기 속에서 엄마는 한밤중에 기차를 탔다. 너무 멀리 가면 다시는 우리를 못 보게 될까봐 기차로 한

정거장 거리밖에 되지 않는 이웃 도시에 방을 하나 빌렸다. 거기서 엄마는 전구 공장에 취직했는데, 손으로 부품을 일일이 조립해야 해서 실수가 많았다고 했다.

"기계가 얼마나 빨리 돌아가는지. 화장실 갈 시간도 없어서 방광염 걸린 여자들이 수두룩했어."

"나는 왜 기억이 안 나지?"

내가 말했다.

"나는 기억나는데. 내가 널 데리고 이모 집에 갔었잖아."

언니가 말했다.

그리고 이어지는 엄마의 이야기는 내가 알던 이야기 속 엄마와는 달랐다. 그곳에서 엄마는 돈을 모았고 미래를 계획했다. 우리를 만나려고 시장에서 예쁜 옷도 사 입었다.

"몸은 고됐어도 내 손으로 돈을 벌다보니 자꾸 욕심이 생기더라."

꿈결인 듯 엄마 목소리가 잦아들었다.

"근데 왜 돌아왔어?"

내 말에 엄마가 말했다.

"밤마다 너희 울음소리가 들려서 견디질 못했지. 네 아버지 성질에 너희를 내다버릴 것도 같았고."

그후로도 엄마는 몇 번 더 집을 나간 적이 있었다고 고백했다. 하룻밤을 넘기지 못하고 돌아왔기 때문에 우리가 눈치채지 못했을 뿐이라고.

나는 고개를 돌려 이제는 늙어버린 엄마의 얼굴을 보았다. 그리고 깨달았다. 심장이 아플 정도로 울어본 사람은 먼 곳의 울음소리까지 들을 수 있다는 사실을.

어찌 되었건 엄마는 더는 돌아올 수 없을 때까지 돌아오기 위해 길을 떠났고 그 누구도 이해할 수 없는 두려움을 품은 채 다시 돌아왔다. 우리를 보호하거나 살뜰히 보살펴주지는 못했지만 돌아오긴 한 것이다. 그건 결코 작은 것이 아니다. 크지는 않지만 어쨌든 작지도 않다. 엄마의 사랑은.

차는 이제 도심으로 접어들었고 우리가 어릴 때 영화를 보았던 극장 앞을 지나갔다.

"어, 저게 언제 저렇게 됐지?"

한참을 더 가서 중세의 성 모양을 흉내낸 유럽식 건물을 보고 내가 그렇게 외치자 엄마가 말했다.

"바뀐 지 한참 됐어."

나는 놀라워하면서 한때는 결혼식장이었으나 지금은 장례식장이 되어버린 건물을 보느라 고개를 한참 옆으로 꺾었다. 나는 "요람에서 무덤까지"라는 말이 어떤 책에 적혀 있었는지 생각하느라 신호등이 바뀐지도 몰랐다.

"세월 참 빠르지."

긴 침묵을 깨고 엄마가 말했다.

"여기도 이제 많이 변했어."

나는 말없이 고개를 끄덕이면서 계속 앞으로 나아갔다. 그
리고 엄마 말이 맞는다고 생각했다.

　세월은 흐르고 모든 것은 변한다고.

기억과 외상의 불수의성

조형래(동국대 국어국문문예창작학부 교수, 문학평론가)

부고

아버지가 죽었다. 그는 도무지 종잡을 수 없는 인물이었다. 최민경의 장편소설 『지나가는 밤』은 그 이해 불가능했던 육친(肉親)의 상실과 부재의 자리를 절감한 데서 시작되는 애도의 서사다. 이것은 단순한 추모나 기억의 환기에 그치는 것이 아니다. 아버지의 죽음을 계기로 그의 삶에 관한 기억을 반추하고 사후적 이해를 도모하면서 그의 영원한 공백이 '나'를 비롯한 유족들에게 어떤 의미로 다가오는지를 탐구하는 과정이라고 해도 틀리지 않다. 부고(訃告)는 죽음의 공식적 선언이지만, 동시에 그 죽음을 둘러싼 살아 있는 자들의 이야기가 갱신(更新)되는 지점이기도 한 것이다.

따라서 『지나가는 밤』은 일종의 조사(弔詞)다. 하지만 이 조사를 서술하는 주체는 '내'가 아니다. "기억은 기억하려는 사람에게서 도망치지만 기억하지 않으려는 사람은 습격한다"(7쪽)는 인상적인 서두의 문장은 소설의 전반적인 서사 및 형식과 관련하여 자기지시적이다. '나'는 고통스러웠던 유년 시절과 도무지 종잡을 수 없었던 아버지의 존재에 대한 기억으로부터 도망치려, 즉 그것을 기억하지 않으려 애썼던 적이 있다. 그러므로 내가 자발적으로 기억하는 것이 아니다. 『지나가는 밤』이라는 조사는 '나'를 주체로 한, 의지에 의한 어떤 것으로 쓰인 것이 아니다. 아버지의 죽음과 부재의 흔적을 매개로 불가항력적으로 '나'를 습격해오는 어떤 것의 연쇄로서 쓰인 것이다. 바로 그러한 것에 관한 소설이다.

　이러한 불수의적 기억이 『지나가는 밤』이라는 소설의 형식을 결정한다. 이 소설은 단순히 과거를 회상하거나 나열하는 방식으로 쓰이지 않았으며, 그럴 수도 없었다. 아버지의 죽음을 계기로 과거와 현재가 교차하는 가운데 남겨진 엄마와 언니, 그리고 남편 기훈과 딸 예나에 관한 단속적인 기억의 파편들이 비선형적으로 조합되고 있다. 하지만 이 소설의 시간-선을 굳이 정리해보면 크게 세 가지 층위로 구분할 수 있을 터다. 다름 아닌 아버지의 임종과 장례가 이루어지는 당면한 현재, 유소년 시절의 과거, 기훈과 결혼하여 예나를 키우는 지금 여기다. 그리고 이러한 세 가지 층위는 서로를 비추고 해석하는 거울로 기능한다. 현재의 사건이 과거의 기억을 불러일으키고, 그 기억은 다시 현재를 새롭게 이해하게 만드는 순환적 구조를 형성한다. 즉 애써 도망치려 했던 유년 시절의 고통스러운 기억이 현재의 자신을 이해하는 단서가 되며, 현재의 모성 경험이 과거 엄마를 이해하는 계기가 되는 식이다.

기억

일종의 조사로서의 소설인 만큼 그 중심에는 이제는 부재하게 된 아버지라는 존재가 자리잡고 있다. 그는 '나'의 유년 시절을 지배한 긴장과 불안의 원인 자체로 주로 회고되고 있다. "집안 분위기는 이상하게 늘 어둡고 가라앉아 있는 것 같았고 식구들은 서로에게 낯선 타인인 양 무관심한 채 지냈다."(41쪽) 그도 그럴 것이 아버지는 "거의 언제나 화가 나 있는 사람처럼 보였고"(42쪽) 언니와 '나'에게 데면데면하게 곁을 주지 않았다. 엄마와 불화하면서 폭력을 휘두르는 일도 잦았다.

갑자기 마당에서 시끄러운 소리가 나기 시작했고 엄마 목소리가 들렸다. 나는 울컥하는 마음에 문을 반쯤 열었다가 도로 닫았다. 나는 꿈쩍도 하지 않았다. 나는 한마디도 하지 않았다. 아무 소리도 내지 않고 아버지가 엄마의 목을 조르고 있는 모습을 보기만 했다. 버둥거리던 엄마가 아버지의 손아귀에서 벗어났다. 아버지는 엄마의 가슴팍과 어깨 사이 어딘가를 주먹으로 때렸다. 분노로 달아오른 아버지 얼굴은 시뻘겠고 두 주먹은 꽉 쥐고 있었다. 엄마는 악을 쓰면서 아버지한테 달려들었다. 아버지에게 물리적인 힘이 있다면 엄마에게는 잔인한 혀가 있었다. (110~111쪽)

이것은 '나'에게 회피할 수 없이 반복되는 일상이었다. 이러한 상황에서 엄마 또한 관심과 애정을 갈구하는 '나'에게 특별히 살갑지 않은 존재였고 언니는 때로 적대적이기까지 했다. 스스로를 "폭격으로 무너져내린 마을 한복판에 우뚝 서 있는 여자아이"(47쪽)로 여기지 않을 수 없었던 '나'는 기차가 지나가면 더욱 두드러지는 집안의 적막감을 견디기 위해 낮은 목소리로 노래를 흥얼거리거나, 위와 같은 결정적인 폭력의 현장을 목도하고 집에서 도망쳐 철길을 지나 터널로 향하는 노정에 오를 수밖에 없었다. 그러나 그것은 마치 엄마의 반복적 가출과 귀환처럼 광활한 세계의 가능성 앞에서 두려움을 느끼고 돌아오는 것으로 귀결된다. 터널 끝에서 마주한 "한없이 길게 이어져 있을 뿐인 두 개의 빛나는 레일"(113쪽)은 무한한 자유의 가능성을 암시하지만, 동시에 그 무한함 자체가 공포가 되어 '나'를 집으로 돌려보낸다. 다시 말해 "내가 살고 있는 이 세상이 무한히 넓다는 깨달음에서 오는 공포"(113쪽)가 결국 '나'를 다시 고립된 일상으로 되돌아가게 만든 것이다. '내'가 실제로 집을 떠날 수 있게 된 것은 성인이 되고 나서였지만 그때까지는 이 모든 상황을 감내해야만 했다. 그리고 이것이 '나'의 집과 가족에 대한 오래된 원혐(怨嫌)을 심화했다고 해도 좋다. 엄마도, 언니도 계속해서 '나'에게 소원(疎遠)했으며 또한 서로 반목했지만 적막감으로 상징되는 이러한 가족 간 단절의 근원에는 아버지로 인한 폭력의 현장과 상호 소외의 일상이 자리하고 있다. 요컨대 아버지는 가족 구성원 모두를 서로에게 낯선 타인으로 만들어버린 것이다.

하지만 이것이 전부는 아니다. 이따금 예외적 순간들이 있었다. 학교에서 허기로 쓰러진 딸이 집으로 실려왔을 때 소식을 듣고 일터에서 돌아와 짜장면을 배달시켜주거나, 어린이날에 두 딸을 시내로 불러내 영화를 보여주거나, 친척들이 모인 자리에서 홀로 떨어져나와 해변을 거닐다 주웠던 별 모양의 불가사리를 굳이 '나'에게 건네주었던 일들이 바로 그런 때다. 아버지는 여전히 말이 없었고, 평소와는 다른 아버지의 심정을 알지 못하는 '나'로서는 데면데면할 수밖에 없었던 그러한 순간들은 오랜 세월이 흘러 아버지의 투병과 임종과 부고와 장례와 추모라는 일련의 과정을 계기로 두서없이 나에게 밀어닥쳐온다. 즉 부성(父性)이 현현(顯現)했던 과거의 상황들이 불수의적으로 나를 '습격'해온 것이다.

그렇게 사후적으로 기억되는 아버지는 '나'에게 '상자'와 같은 존재다. 그 안에 무엇이 있는지 알 수 없고, 손에 잡히지 않는 것이 있다 해도 그것이 실재하는지조차 확신할 수 없도록 모호하다. 이러한 아버지의 형상은 어린 시절 발견한 흑백사진 속 그림자로 상징된다. "부재하기에 실패한 채로 다른 사람의 사진 속에 얼룩처럼 남아 있는"(103쪽) 그림자는 아버지의 존재 방식 자체를 암시한다고 해도 좋다. 특히 이웃집 '늙은 고아'의 죽음은 아버지의 죽음과 대응을 이루며, 고아라는 존재의 의미를 확장하고 있다고 할 수 있다. 구덩이에 빠져 동사한 그의 죽음은 보육원에서 자란 외로운 삶의 연장선 상에 있으며, 이는 화자의 아버지 역시 어떤 의미에서는 정신적 고아였음을 나타난다고 해도 좋다. 그리고 이는 '나'에 의해 반복된다.

'나'를 둘러싼 가족의 불화와 적막, 이것은 누구에게나 불편부당하게 불어닥쳤던 자비 없는 태풍처럼 "우리 모두에게 벌어진 일"이었으며, "우리만 특별히 불행해서 생긴 일이 아니"(67쪽)었다. 이미 알고 있다. 그럼에도 불구하고 '나'는 집을 떠날 수밖에 없었으며 한동안 가족들을 멀리했다. '나'는 오랫동안 고아처럼 살아왔고, 기훈과 결혼하고 예나를 낳은 이후에도 친정 식구들과 데면데면한 거리를 유지해왔다. 아버지의 죽음을 계기로 다시 모든 것이 바뀐 것이다. 아버지를 비롯한 가족에 관한 무수한 기억이 불가항력적으로 회귀한다. 즉아버지는 앞서 언급한 바와 같이 내가 집을 떠나도록 만든 불화와 적막의 원인이자 그의 죽음을 계기로 그 자신과 남겨진 가족들에 관해 다시 생각하도록 하는 매듭 자체다.

그렇게 가족 구성원 각자의 상처와 아픔이 드러난다. 언제나 화가 나 있는 듯 보였고 때로는 폭력적이기까지 했던 아버지의 배후에는 "모든 것에 서툴렀고 자신의 모자람을 들킬까봐 전전긍긍하느라 평생 화만 내며 살아온"(160쪽) '벌떡증' 같은 울화가, 자식에게 곁을 주지 않고 가출과 귀환을 반복했던 엄마의 행적 뒤에는 남편과 자식에 대한 애증이 자리잡고 있었던 것이다. 특히 엄마의 귀환은 단순한 복귀가 아닌, "돌아올 수 없을 때까지 돌아오기 위해"(191쪽) 떠난 역설적 여정으로 그려진다. 가족의 불화는 시간적으로 아버지로부터 기원했으되, 소설은 의미심장하게도 현재의 엄마에 관한 이야기로 시작하여 끝을 맺는다. 아버지의 장례를 전후로 오랜만에 친정에 머무르게 된 '나'는 동대표가 되어 적극적으로 주민들과 어울리고, 드라마에 몰입하며, 치매 걸린 노인의 안부를 걱정하는 등 이전에는 몰랐던 엄마의 새로운 면모를 발견하게 되는 것이다.

이러한 엄마의 발견을 가능하게 한 것이 아버지의 투병과 임종과 부고와 장례와 추모라는 일련의 과정이라는 점은 앞서 언급한 바와 같다. 하지만 '나'에게 결정적으로 작용했던 것은 다른 무엇도 아닌, 예나와 남편 기훈의 존재다. 특히 장례식에서 예나는 단순히 외할아버지의 죽음 때문이 아니라 엄마가 아버지를 여읜 사실에 스스로를 투영해서 울었다고 한다. 즉 예나 자신이 엄마처럼 아버지 기훈을 잃을까봐 울었던 것이다. 그것을 가리켜 기훈은 '나'에게 예나가 엄마의 "슬픔을 알고 싶어서"(61쪽) 울었다고 전한다. 기훈이 예나의 마음을 읽어내고 이를 '나'에게 전달함으로써 '나'는 비로소 자신의 슬픔과 상처가 어떻게 다음 세대에게 이어지고 있는지를 깨닫게 되는 것이다. 이는 화자가 어린 시절 결코 이해할 수 없었던 엄마의 마음을 이제는 자신의 딸이 이해하려 한다는 점에서, 더욱이 그것을 남편이 먼저 알아차리고 전달해준다는 점에서 세대와 가족 구성원 간의 새로운 이해와 소통의 가능성을 보여준다. 즉 이제 '나' 역시 기꺼이 엄마의 "슬픔을 알고 싶어"진 것이다. 그리고 그 원인으로서의 아버지에 대해서도.

> 아버지는 내 손바닥에 불가사리를 올려놓았다. 나는 엉겁결에 받아들고 아버지를 빤히 올려다보았다. 아버지 역시 햇빛 때문에 얼굴을 잔뜩 찡그리고 있었는데, 그 표정이 마치 우는 것도 같았고, 웃는 것도 같았다. 아버지는 나에게 그것을 쥐어준 뒤 다시 계단을 따라 사람들이 있는 곳으로 올라갔다. 그 순간 절벽 같던 내 마음속에도 동굴이 생겨났다. 암석처럼 단단한 마음속 어딘가가 약해지면서 서서히 구멍이 뚫린 것이었다. 동굴 안에는 불가사리가 있다. 빛이 나지는 않지만 어쨌든 별처럼 생긴 것이 내 안 깊숙한 곳에 숨겨져 있다.

그러므로 어느 날 파도가 밀려온대도 당신은 물러서지 않기를. 파도치는 해변에 서서 모래뿐인 바닥을 내려다보기를 나는 바란다. 그러면 어느 날인가는 당신도 젖은 발밑에서 별 모양의 불가사리를 발견할 수 있을 것이다.(157쪽)

'나'에게 아버지의 죽음을 계기로 한 가족의 회복은 부지불식간에 스스로를 '습격'한 이와 같은 기억에 의해서다. 불가사리를 건네는 장면은 단절된 관계 속에서도 간헐적으로 부상하는 애정의 순간들을 보여준다. 이는 마치 어둠 속에서 불현듯 번쩍이는 빛과도 같다. 그러나 이러한 순간들은 지속되지 않으며, 오히려 그 순간성으로 인해 더욱 강렬한 인상을 남긴다. 그리고 지금 여기에 예기치 않은 방식으로 회귀한다. '나'뿐 아니라 "당신도 젖은 발밑에서 별 모양의 불가사리를 발견할 수 있을 것이다." 기억이란 "우리의 감정이 대기 속으로 흩어지지 않게 무한한 허공 속으로 시간의 그물망을 던지는 일"(115쪽)이다. 이는 단순한 회상이 아닌, "범속함에 대해, 일반화에 대해 끈질기게 저항하는"(149쪽) 투쟁적 행위로서의 기억을 의미하는 것이다.

외상

이러한 맥락에서 『지나가는 밤』은 죽은 자에 대한 관습적

애도나 추모를 넘어선다. 그것은 살아남은 자의 자기성찰이자 자신과 가족의 삶에 대한 진지한 탐구가 된다. 기억을 반추하는 과정에서 '나'는 역설적 진실을 발견한다. 그것은 완전한 이해나 화해가 불가능하다는 것, 그럼에도 불구하고 그러한 시도 자체가 의미 있다는 것이다.

특히 기억의 주체가 '나'가 아니라는 점은 중요하다. 서두에서 이미 언급했듯이 '나'는 오히려 기억하지 않으려 애썼으며, 그럼에도 불구하고 기억은 불가항력적으로 밀려온다. 이는 기억이 단순히 의지적 행위가 아님을 보여준다. 기억은 오히려 기억 자체로서 존재하며, 그것은 불수의적으로 우리를 습격한다. 이러한 불수의적 기억의 특성은 소설의 형식을 결정짓는 중요한 요소가 된다.

이러한 서사 구조는 트라우마 즉 외상의 본질적 성격을 효과적으로 재현한다. 트라우마적 기억은 그 본질상 선형적이거나 연속적이지 않다. 그것은 불현듯 떠오르는 파편적 이미지나 감각의 형태로 존재하며, 때로는 전혀 예기치 않은 순간에 강렬한 현존감으로 귀환한다. 작품은 이러한 트라우마의 특성을 형식적 차원에서 구현함으로써 내용과 형식의 유기적 통합을 이루어낸다.

최민경의 『지나가는 밤』은 궁극적으로 화해와 용서의 가능성을 모색한다. 앞서 언급했듯이 그것은 완전한 이해나 용서가 아닌, 불완전하지만 의미 있는 형태로 제시된다. 결국 이 소설은 상처받은 개인들이 어떻게 자신의 삶을 이해하고 재구성해나가는지를 보여준다. 결국 기억과 서사를 통한 치유의 가능성을 탐구하는 소설인 것이다. 상처는 완전히 치유되지 않을 수 있고, 관계는 여전히 불완전할 수 있지만, 그것을 이야기로 만들고 나누는 과정에서 우리는 불완전하지만 작은 화해의 가능성을 발견할 수 있다. "용기가 우리에게 무한히 주어진 것은 아니므로"(150쪽) 우리는 자신의 한계 내에서, 가능한 만큼의 이해와 용서를 시도할 수 있을 뿐이다.

작가의 말

이 소설을 쓰는 동안 수없이 멈추고 머뭇거리고 되돌아가기를 반복했다.

그때마다 어떤 애도는 사랑의 발명이라는 생각에 기대었다.

어떤 이야기는 충분히 말하지 못한 것 같고 어떤 이야기는 넘치게 말한 것 같다.

이 흠결과 오류가 나로 하여금 계속해서 글을 쓰게 만들 것이다.

지금의 나에겐 이런 믿음이 필요하다.

계속 쓰라고, 써야 한다고 말해준 Y언니에게 고맙다는 말을 하고 싶다.

너무 자주 포기하고 싶었지만 결국엔 책상 앞으로 돌아와 앉게 된 것은 언니의 다정한 말과 응원 덕분이었다. 내가 가장 약해져 있을 때 나 대신 나를 믿어줄 누군가가 곁에 있다는 건 크나큰 복이다. 덕분에 이 소설을 쓰는 동안 마음껏 복을 누릴 수 있었다.

　그리고 어떤 상황에서도 웃음을 포기하지 않았던 우리 엄마, 노순덕 여사를 소개하고 싶다. 언제나 남을 웃기고 싶어했던 엄마 덕분에 나는 결국 빛이 향하는 쪽으로 고개를 돌릴 수 있었다.

　삶은 자비가 없고 시간은 우리와 무관하게 흐르지만 모든 것은 변한다는 것.
　가끔은 이 단순한 사실에 위안을 얻는다.
　영원한 것은 없다는 사실에.
　그러니 모두가 복을 누리시기를.
　그대들에게 주어진 것들을 알아차리고 마땅히 누릴 수 있기를 바란다.

2024년 겨울 초입에서
최민경

최민경

전북 정읍에서 태어나 지금은 파주에 살고 있다. 파주는 겨울이 몹시 추운 도시라서 가끔 내가 태어난 곳의 푸근한 기온이 그리울 때가 있다. 지금 이 순간 내 곁에 있는 사람들에게 조금만 더 다정한 사람이 되고 싶다고 생각한다.

지나가는 밤

초판 1쇄 인쇄 2024년 12월 13일
초판 1쇄 발행 2024년 12월 23일

지은이 최민경

편집 박민영 정소리 | 디자인 윤종윤 이주영
마케팅 김선진 김다정 | 저작권 박지영 형소진 최은진 오서영
브랜딩 함유지 함근아 박민재 김희숙 이송이 박다솔 조다현 배진성 이서진 김하연
제작 강신은 김동욱 이순호 | 제작처 영신사

펴낸곳 (주)교유당 | 펴낸이 신정민
출판등록 2019년 5월 24일 제406-2019-000052호

주소 10881 경기도 파주시 회동길 210
문의전화 031.955.8891(마케팅), 031.955.2692(편집), 031.955.8855(팩스)
전자우편 gyoyudang@munhak.com

인스타그램 @gyoyu_books | 트위터 @gyoyu_books | 페이스북 @gyoyubooks

ISBN 979-11-94523-03-1 03810

· 교유서가는 (주)교유당의 인문 브랜드입니다.
  이 책의 판권은 지은이와 (주)교유당에 있습니다.
  이 책 내용의 전부 또는 일부를 재사용하려면 반드시 양측의 서면 동의를 받아야 합니다.

이 책은 경기도, 경기문화재단의 지원을 받아 발간되었습니다.